你想了解的侯孝賢、楊德昌、蔡明亮（但又沒敢問拉岡的）

楊小濱 著

目錄

◆

引言

　　本書通過拉岡理論中有關精神領域三個連環層面——想像域（the imaginary）、符號域（the symbolic）和真實域（the real）——的理論，來論述侯孝賢、楊德昌、蔡明亮的電影美學及各自的主要精神面向，並闡述其複雜心理-文化指向。侯孝賢電影鏡頭所關注的大多是徘徊於前現代與現代之間的台灣圖景，並用一種懷舊（同情於前現代）的視角來舒緩或包容兩者之間的衝突，而這種對前現代圖景的觀照可以類同於鏡像階段對理想自我的想像式認同，但最終又無法遏制符號域的規整。楊德昌的題材大多是以繁華都市或至少現代生活為背景的，表達對現代性的批判式審視，在這樣的情形下，在語言、文化和社會的符號域中如何滲漏著真實域的殘餘（小它物）具有關鍵的意義。相對而言，蔡明亮電影的都市修辭則更具後現代的風格，反諷地展示出意義耗盡的、脫序的社會與家庭境遇，也就揭示了真實域中的黑暗和創傷核心。那麼，通過梳理出他們電影中有關前現代、現代與後現代的錯綜複雜關係，亦可探究三位導演所代表的三種不同的文化取向——懷舊、批判和反諷。通過探討拉岡三個精神領域在三位導演的電影中所占據的地

位，分別解讀、分析和論述三位導演的作品：即闡述侯孝賢電影中對想像域中自我認同的迷戀與解體，楊德昌電影中符號域的去勢特徵，及（即）陽具能指的根本空缺，以及主體在面臨欲望對象 - 原因時的分裂，和蔡明亮電影中真實域神祕黑洞的致命吸引力，以及對「絕爽」的創傷內核的豐富表達。

本書的書名《你想了解的侯孝賢、楊德昌、蔡明亮（但又沒敢問拉岡的）》源於紀傑克編的一本電影研究文集《你一直想充分了解的拉岡（但又沒敢問西區考克的）》，而這個標題又是源自伍迪・艾倫（Woody Allen）的一部電影，一般譯成《性愛寶典》，但影片名原文其實是：《你一直想了解的所有關於性的問題（但又沒敢問的）》[Everything You Always Wanted to Know About Sex (But Were Afraid to Ask)]。

本書為國科會計畫「拉岡理論視野下的台灣新電影」（NSC 100-2410-H-001-051-MY3）成果。各章節初稿曾發表於下列期刊：

- 楊小濱：〈在鏡像自我與符號他者之間：侯孝賢電影的精神分析學觀察〉，《中正漢學研究》第 25 期（2015 年 6 月）。
- 楊小濱：〈主體異化與象徵他者的式微：以拉岡理論視野探討楊德昌電影〉，《中外文學》第 45 卷第 1 期（2016 年 3 月）。
- 楊小濱：〈拷問真實：蔡明亮電影詩學的創傷性快感〉，《清華學報》第 47 卷第 4 期（2017 年 12 月）。
- 楊小濱：〈每個人都在找他心裡的一頭鹿——蔡明亮訪談〉，《文化研究》第 15 期（2013 年 6 月）。
- 楊小濱：〈人皆羅拉快跑，我獨小康慢走——《來美術館郊遊：蔡明亮大展》展前訪〉，《藝術世界》（2015 年 11 月）。

侯

孝

賢

在　鏡　像　自　我　與　符　號　他　者　之　間

◆

一、鏡像關係的可能與不可能

　　在侯孝賢的電影《千禧曼波》中，舒淇扮演的 Vicky 逃離光怪陸離的台北，跟日本朋友竹內康來到冰清玉潔的日本夕張。有一個場景是他們各自把頭埋進雪堆，在雪面上印出自己臉部的輪廓。Vicky 在看到這個雪面上臉部輪廓時，有一個對這個「臉」的特寫，同時我們聽到 Vicky 的畫外音說：「你看，我的臉……」。這個場景可以看作是一次──拉岡（Jacques Lacan）意義上──鏡像式的自我認同：Vicky 不是從鏡子裡，而是從雪面上，捕捉到了一個外化的自我形象，而體認到「理想自我」（ideal ego）的完整[1]。之所以這裡出現了一個「理想自我」，無疑是因為侯孝賢在《千禧曼波》裡賦予夕張以理想的空間背景，Vicky 只有在這裡才把握到完整的自我──相對於破碎空虛的台北生活，在夕張的感受似乎是自由生命的完美體現。當然，這個雪面上的「臉」，其實跟 Vicky 的形象實在沒有什麼形似之處，但晶瑩剔透的雪面具有某種被形塑的能力。Vicky 雖然大叫「啊！好冰啊！好冰好冰！」，但肉體上的刺痛掩蓋不了精神上的滿足。也可以說，這個對象化的自我是否

---

[1] 「理想自我」（ideal ego）意為在想像域中獲得鏡像認同的自我形象。拉岡認為這個鏡像自我是虛假的完整自我。下文中的「自我理想」（ego-ideal）則是指作為主體認同對象的（理想）大他者。

真的形似並不重要，重要的是，它被自戀地建構為完整自我的鏡像。那麼，相對於燈紅酒綠的現代化台北而言，夕張成為侯孝賢早期影片中的前現代原鄉的替代品。也可以說，到了《千禧曼波》，侯孝賢似乎已經對從台灣本土的鄉土與自然景觀裡來尋求某種「理想自我」失去了信心。恰恰在一個遠離塵囂的日本小鎮，侯孝賢彷彿找回了那種人間的純淨與安寧。

在侯孝賢新電影時期的第一部影片《兒子的大玩偶》的末尾，坤樹的兒子因為一直見到父親的臉是塗成了小丑的容貌，堅決拒絕卸妝後的坤樹（陳博正飾）來抱他。絕望之下，坤樹只好重新化妝，打算繼續做「兒子的大玩偶」。作為小丑般玩偶的父親，已然不是符號性的父之名（Name-of-the-Father，影片中的父親在兒子面前也沒有任何權威感）：從一開始，侯孝賢就讓這個父親形象從自我理想的大他者降格為理想自我的小他者。精神分析學家阿葉颯（Josefina Ayerza）在一次訪談中曾經談到兒童和玩偶的關係與鏡像關係之間的類似[2]。這個被弱化的父親，替代了鏡像化自我的幻象，成為幼兒想像域（imaginary）的一個場所：他兒子對正常的父親形象恐懼到大哭，而對鏡像化的玩偶形象感到無比親近。當然，我們也可以從坤樹裝扮小丑的整體形態上來看：他的小丑形象本來就是電影院的廣告，在這個構架內，坤樹代表的正是電影這個被觀眾當作自我投射的鏡像構成。也可以說，電影觀眾觀看丑角形象

2　見 Cathy Lebowitz interviews Josefina Ayerza, "Heidi II," *Lacanian Ink* 16, pp. 94-95.

的坤樹和觀看電影，這兩種觀看所意味的鏡像關係是同構的。在這裡，坤樹作為想像域的小他者——同時對兒子和觀眾——提供了一個虛擬的、虛幻的安慰形象。與玩偶的想像性認同在《兒子的大玩偶》裡當然是一種誤認：對觀眾而言，三明治人所代表的是現代的電影文化；而對幼童而言，化了妝的小丑其實是父親。

在布袋戲大師李天祿的類傳記片《戲夢人生》裡，偶戲的主題貫穿了全片。一次，李天祿（林強飾）告訴父親（蔡振南飾），木偶劇團取名為「亦宛然」，因為木偶劇也栩栩如生（人生、生活），宛如現實。也可以說，「人生如戲」意味著人能夠從布偶的虛假形象那裡尋找到某種鏡像式認同。在這個片段裡，李天祿一邊解釋著，一邊看著木偶，彷彿是在對鏡自攬。在影片中最早的一個相當長的布袋戲演出片段裡，我們看到了許仙在湖上避雨時邂逅白娘子和小青而一見鍾情的故事，而這齣布袋戲的主要情節確與李天祿後來自述他偶遇（日後的情人）麗珠及其女伴的經歷十分相似。甚至唱詞中的「單身女子⋯⋯咀嚼檳榔⋯⋯等待著丈夫的出現」也令人聯想起李天祿所回憶的麗珠抽菸的情節。不管故事最後的結局如何，許仙和白娘子的愛情故事一直是以一種美好的形態被表現的，也是自我的愛情生活所可能認同的某種（至少是表面的）理想境遇。

但並非所有侯孝賢電影裡的鏡像關係都意在呈現出想像域中完整的理想自我。甚至可以說，鏡像關係所呈現的更多的是對理想自我的扭轉。我們可以從不少侯孝賢的影片中看到對（字

面意義上）「鏡像」的捕捉。《童年往事》裡有一幕是阿孝（游安順飾）照鏡子，嘴裡叼著香菸，穿著筆挺的新襯衣，做出某種自我欣賞的裝酷表情。在這一幕之前，阿孝追打索要一百元車費的人力車夫；在這一幕之後，是阿孝第一次去紅燈區嫖妓。由此來看，照鏡子的這一幕似乎意味著阿孝對成熟自我的一種認同的姿態。但不管是追打人力車夫，還是去紅燈區嫖妓，都帶有相當程度的負面色彩。那麼，這個認同的自我絕不具有理想性，也可以說是以否定或反諷形態呈現的理想自我。《童年往事》裡出現的另一次照鏡子場景同樣無法提供理想自我的可能：阿孝的母親（梅芳飾）因為發現舌頭上長了異物，張著嘴從鏡子裡察看（但鏡像本身並未直接呈現出來）。後來母親的病被診斷為喉癌，也可以說，鏡像提供的是一個病態自我的形象。《珈琲時光》臨近結尾處有一個場景是陽子（一青窈飾）在電車上，從車窗的玻璃上看到自己的鏡像，但很快就將視線移開了。《珈琲時光》裡關於探詢江文也的線索可以說是一個尋找「自我理想」（ego-ideal）的故事：江文也的愛情經歷成為陽子的符號他者（symbolic Other）。相比之下，陽子對鏡像中的理想自我形象並不著迷，甚至，這個鏡頭轉瞬即逝，顯示出理想自我的無法把握（儘管那個自我理想也同樣難以捕捉）。

而在《最好的時光》的《自由夢》裡，李振亞發現的是，「藝妲獨坐妝台前……左半邊畫面深處則是一面橢圓化妝鏡，小女孩的模糊身影在鏡中出現，藝妲抬頭朝鏡中望去，鏡頭不動但焦點變換到鏡子裡的小女孩身上，小女孩身影頓轉清晰，

兩人在鏡中對望，你我無分，好似一人」[3]。在這裡，貌似無法同一化的鏡中形象卻反倒使藝姐在新來的少女身上看到了鏡像化的命運自我，這個喚起認同的鏡像化自我於是被放大為某種「大我」，或者說，追求「自由夢」但難以擺脫束縛的女性原型。本當失敗的鏡像化關係臨時性地建立起了某種同類的認同感——但難以總結為到底是慰藉還是絕望。這個鏡頭令人想起張藝謀電影《大紅燈籠高高掛》中相呼應的片頭和片尾：片尾五太太入門的場景在一定程度上鏡像式地對應了片頭時四太太入門的場景，也暗示了女性被囚禁命運的悲劇性輪迴。

《好男好女》裡有兩段長鏡頭的鏡像表現：第一次是在房間內的鏡子前，阿威（高捷飾）摟抱並愛撫梁靜（伊能靜飾），觀眾可以看到鏡中二人親暱的場面，以及梁靜享受愛撫的身體動作；第二次是梁靜坐在鏡前化妝，一邊跟阿威談論要不要生孩子、孩子父親是誰的、養孩子要多少錢等問題，鏡子裡可以看到梁靜一個人，阿威坐在地上，所以沒有出現在鏡子裡。首先，這兩個場景中的鏡像觀看，目的其實都不在於自我認同：第一次更多的是為了調情，第二次基本上是為了化妝。再者，從整部影片的語境下看，我不得不把這兩次鏡像看作是對當代生活頹廢意味的呈現：不管是沉溺於肉體享樂，還是抒發物質主義的生活信念，都在與苦難歷史的比較下顯得輕薄、空虛。

3　李振亞：〈閨中天下：《自由夢》的靜默之聲（兼談《最好的時光》的歷史敘事）〉，見林文淇、沈曉茵、李振亞編著：《戲夢時光：侯孝賢電影的城市、歷史、美學》（台北：財團法人國家電影中心，2014），頁173。

於是，鏡像的自我認同被賦予了一定程度的諷刺意味：完整的自我影像，卻喪失了理想自我的幻覺，或者說，徒具理想自我空殼的形象揭示出這種形象倫理意義上的衰敗（假如不是本體論意義上的不可靠）。如果說想像性的鏡像認同可以看作是對前現代的完整自我的建構，那麼這種建構在侯孝賢電影裡往往是被現代性語境所瓦解的幻覺。

侯孝賢的電影往往將現代性的問題放在某種前現代的視角上來觀察，或者說，侯孝賢通過召喚某種前現代的氛圍來紓解現代性的矛盾。本文將說明這種前現代性如何建立在拉岡想像域的鏡像結構上，而這種鏡像結構又如何被現代性的符號秩序不斷重整（假如我們承認現代性是一種主導性能指，是符號秩序的建構）。在想像域中，虛幻的完整自我來自與其鏡像的想像性認同，這是幼兒在尚未進入符號秩序之前的精神態勢，這種自我認同最終必將被對於符號他者的認同所覆蓋和取代。在拉岡理論影響下的電影理論中，銀幕上的電影便是作為鏡像提供給觀眾某種想像認同。鮑德利（Jean-Louis Baudry）認為觀影的過程就是自我與銀幕形象的認同過程[4]，而梅茲（Christian Metz）則進一步認為，觀眾所認同的實際上是攝影機的鏡頭[5]，也就是說，觀眾將電影攝影機所捕捉和投射的影像誤認作鏡中自我，即自我投射的影像。在《風櫃來的人》中，有一個片段

4　Jean-Louis Baudry, "Ideological Effects of the Basic Cinematographic Apparatus," in Bill Nichols (ed.), *Movies and Methods* (Berkeley: University of California Press, 1985), p.540.

5　Christian Metz, *The Imaginary Signifier: Psychoanalysis and the Cinema* (London and Basingstoke: Macmillan, 1982), pp.49-50.

是阿清（鈕承澤飾）、阿榮（張世飾）和郭仔（趙鵬舉飾）三個人拿著一千塊錢想去看電影，結果卻被騙子騙到了一棟修建中的空蕩大樓上，只能從還沒裝玻璃的大窗口俯瞰高雄城。此時不知是誰感嘆道（畫外音）：「他媽還真是大銀幕，還彩色的咧！」對電影的期待，本來是預期為一種想像域的鏡像體驗，但鏡像關係卻遭到了變異。

二、與自然景觀的認同

　　如果說他們所期待看到的電影（真正的大銀幕）正是那個虛幻的想像域，那麼這個想像域遭到了符號域（symbolic）的無情翻轉。侯孝賢將城市文明表達為一套語言建構的秩序（經由電影假票販子的話語而達成），因而是一個難以逃脫的羅網或陷阱。由此，阿清等人從鄉村移居到城市的過程，可以看作是從虛幻的想像域進入嚴酷的符號域的過程。在下文中，我將進一步說明，鄉村景觀在侯孝賢電影中常常代表了攝影／觀影主體認同的小他者（other，即鏡中的他者），這個鏡像化自我便是理想自我的另一種體現。而城市文明則代表了現代化的符號域——對於前現代的鄉村主體而言，城市作為大他者（及其話語）建立起一套新的規範。都市生活的現實以符號秩序的面貌擊破了阿清等仍然試圖尋找和認同的想像性鏡像（銀幕），這符號秩序當然就是城市文明作為「父法」的去勢性力量。阿清等人從去除了銀幕（鏡面）的窗口看到的不再是令人怦然心

動的自然景物，而是陽具般挺立的高樓。至此，城市從視覺意象和語言構成等多方面顯示出符號域的冷酷面貌。當然，城市的威脅也時有體現於符號化現代社會本身的嚴酷，比如《戀戀風塵》中阿遠（王晶文飾）的機車在台北的繁華街區遭竊。阿遠接受了城市文明的法則，試圖去偷竊另一輛別人的機車，但最終被阿雲（辛樹芬飾）制止了，或者說，淳樸的鄉村法則戰勝了汙濁的城市法則。因自己的車被竊故而去偷竊別人的車，這個情節顯然受到了德·西卡（Vittorio De Sica）導演的義大利新寫實主義電影《單車失竊記》的影響。

李振亞曾經敏銳地指出侯孝賢電影中營造的「前現代鄉土台灣」與城市的冷酷面貌形成某種「地理區位的對抗」，包括「冷硬的都市公寓 vs. 村落型的小鎮、交通煩亂空間擁擠 vs. 交通落後空闊的道路、機械呆板 vs. 有機自然、戶外 vs. 戶內、白日 vs. 黑夜等等」[6]。與城市相對，侯孝賢電影中的自然或鄉土便形成了真正能與之認同的某種鏡像化的理想自我。這裡，我試圖將拉岡的鏡像理論與中國古典詩學的基本原則相鏈接，因為這種將外在自然鏡像化的精神，本來就是中國古典詩學的核心。焦雄屏在論述《悲情城市》的著名文章中早已發現侯孝賢「將自己主觀心理投射到外在客觀世界」的方式「是中國詩詞傳統中物我同一」[7]。焦雄屏所引王國維所言的「以我觀物，故

6　李振亞：〈從歷史的回憶到空間的想像：侯孝賢電影中都市影像的失落〉，劉紀蕙編：《他者之城：文化身分與再現策略》（台北：麥田，2001），頁 265-266。
7　焦雄屏：〈尋找台灣的身分：台灣新電影的本土意識和侯孝賢的《悲情城市》〉，《侯孝賢》（台北：國家電影資料館，2000），頁 58。

物皆著我之色彩」最簡要地道出了這樣一種我與自然的關係：
我所看到的自然對象成為有如鏡像中具有自我色彩的形象。如
同電影觀眾將銀幕當作自我的鏡像，古典文人將自然景物看作
自我的對象化，藉以完成一個（鏡像化的）完整自我。這種將
自然視為鏡中自我的想像在中國古典詩詞中屢屢出現：「相看
兩不厭，惟有敬亭山」（李白：〈獨坐敬亭山〉）和「我見青
山多嫵媚，料青山見我應如是」（辛棄疾：〈賀新郎・甚矣吾
衰矣〉）都十分精妙地表達了外在自然與自我之間的鏡像關係。
儘管侯孝賢沒有提過中國古典詩學的直接影響，但不容忽略的
是，中國古典詩學也曾通過沈從文的作品與觀念，間接地傳遞
到侯孝賢那裡——沈從文小說中所透露出來的自然觀和人生觀
在很大程度上來自中國古典抒情傳統[8]。我們不會忘記在《戀戀
風塵》的末尾那幕阿遠和他阿公（李天祿飾）之間的對話場景。
阿公在抱怨了一通颱風肆虐之後，一邊抽著菸，一邊遙望對面
的青山；而阿遠的眼光也隨著阿公遙望青山。

　　廖炳惠的〈女性與颱風——管窺侯孝賢的《戀戀風塵》〉
一文儘管結論頗具爭議，但將這一段看作是將女性比作多變的

8　侯孝賢曾多次提到朱天文推薦他讀的《沈從文自傳》對他的影響。他說：「拍《風櫃》時就有個困擾，
『我到底要怎麼拍？』」……於是朱天文給我看了一本很重要的書《沈從文自傳》，看了後頓覺視野開
闊」（張靚蓓：〈《悲情城市》前與侯孝賢一席談〉，《北京電影學報》1990 年第 2 期，頁 69）。
在另一處，侯孝賢似乎是接著感言道：「讀完《沈從文自傳》，我很感動。書中客觀而不誇大的敘述
觀點讓人感覺，陽光底下再悲傷、再恐怖的事情，都能夠以人的胸襟和對生命的熱愛而把它包容」
（轉引自林文淇、沈曉茵、李振亞編：《戲戀人生：侯孝賢電影研究》〔台北：麥田，2000〕，頁
33）。又見袁瓊瓊：〈他的天空——侯孝賢訪問記〉，《電影欣賞》1985 年第 3 期，頁 29。關於沈
從文與中國古典抒情傳統，可參見王德威：《抒情傳統與中國現代性》（北京：三聯書店，2010），
頁 98-131。

颱風[9]，經歷了颱風肆虐之後的阿公和經歷了女性背叛之後的阿遠一同從寧靜的青山那裡找到了心靈的慰藉。這樣的慰藉當然來自對於回歸的完整自我的感受，但這種自我的完整性是通過與其虛擬的鏡像──作為自然景物的青山──之間的認同而獲得的。在侯孝賢電影所提供的想像域中，自然景物始終是作為某種自我認同的對象化自我展示的，作為物我合一的契機，提供了對社會現實的超離。

作為鏡像化自我的自然景觀，在幾乎每一部侯孝賢前期和中期的電影裡都有出現。侯孝賢最早的三部商業片裡，就有大量的對自然景觀，尤其是田野風光的抒情式鏡頭，標誌著觀影主體對理想自我的認同。在他第一部執導的電影《就是溜溜的她》裡，鄉村就呈現為廣闊田野的美好景色：潘文琦（鳳飛飛飾）是坐著拖拉機來到鄉村姑婆家的，背景上的廣闊寧靜的田野（還有緩緩升起的像是炊煙）和電影片頭那種車水馬龍的都市喧鬧形成了強烈的對照。在他第二部影片《風兒踢踏踩》裡，有一幕是蕭幸慧（鳳飛飛飾）去她弟弟的小學代課，也是從台北來到鹿谷鄉下，在寬闊的田間道路上還欣喜地遇見了農夫趕牛的場景。而《在那河畔青草青》一開始的片頭就是一片綠色田野的空鏡頭，也突出了影片情節的主題之一：對大自然的熱愛與呵護（這個鏡頭也應和了片名中的「青草」意象）。在這些例子中，自然景觀總是占據著鏡頭中最核心的地位：如果不是空

9　廖炳惠：〈女性與颱風──管窺侯孝賢的《戀戀風塵》〉，林文淇、沈曉茵、李振亞編：《戲戀人生：侯孝賢電影研究》（台北：麥田，2000），頁148-150。

鏡頭，人物就處在中景或遠景的位置，顯示出景觀自身在視覺裡的主導功能。

以想像性認同的視角來呈現鄉村或自然景色也始終是侯孝賢在新電影時期的基本美學策略。對此，《冬冬的假期》的處理方式與《就是溜溜的她》幾乎如出一轍。替代了潘文琦姑婆家鄉下的是冬冬外公家的銅鑼鄉下。在田野和遠山青蔥的背景上，《就是溜溜的她》是拖拉機從側面駛入，《冬冬的假期》則是腳踏車從側面進入鏡頭，同樣有左側的大樹反襯了景深，但換了更低機位的拍攝角度，以避免成人俯視兒童的視角。以田野為背景的遠景多次出現在《冬冬的假期》裡，包括捕鳥人最初出現的場景和瘋女人的父親追打捕鳥人的場景等，還有冬冬（王啟光飾）剛到鄉下時和同伴們爬在樹上玩耍的場景前後，都有大段的廣闊田野的空鏡頭。而牛和農田的景觀則再次出現在《悲情城市》裡，這是在二二八事件發生後，文清（梁朝偉飾）到鄉下去看望寬榮的路上。在這樣恬淡的背景下，歷史痛楚得以暫時舒緩，或者說，在現代性歷史暴力下喪失了完整的主體彷彿重新獲得了生命的意義，而這，卻是由前現代的鄉村圖景所提供的。

曾有學者分析過中國第五代導演如陳凱歌早期的電影景觀與中國古典山水畫之間的美學淵源[10]。這種「天人合一」、「物

10　An Jingfu, "The Pain of a Half Taoist：The Taoist Principles, Chinese Landscape Painting, and *King of the Children*," in Linda Erlich and David Desser (eds.) *Cinematic Landscape: Observations on the Visual Arts and Cinema of China and Japan* (Austin: University of Texas Press, 1994), pp.117-125.

我兩忘」的境界，本來就是中國古典詩畫的最高境界。侯孝賢電影裡同樣多次出現過類似的鏡頭，比如《戀戀風塵》、《冬冬的假期》、《戲夢人生》等。在自然的背景下，人的形象常常被處理成一個小點，幾乎是融入了整個背景之中。如同在鏡像關係中，創作或觀賞主體迷失在對象的形象裡，形成了完整自我的幻覺，在這樣的景觀前，觀影主體也可以通過認同融入自然的人影來認同自然，彷彿卑微的個人——和樹、草、雲……一樣——只不過是自然的一個組成部分。

甚至，和小津安二郎類似，侯孝賢擅長用空鏡頭，串聯影片中前後的段落。在侯孝賢和小津的電影中都經常出現隔幕間的空鏡頭。在小津那裡，這樣的空鏡頭往往是街景或大樓的外觀，有如戲曲唱段中的一段過門，銜接了前後的情節性段落。侯孝賢的隔幕間空鏡頭，除了小津式的街景和大樓，更多的是自然景物。比如在《風櫃來的人》中，阿清被母親（張純芳飾）扔來的菜刀砍傷的場景和他整理背包出遠門的場景之間有個幾秒鐘的美麗漁村的空鏡頭，似乎是表達對於紛擾世事的精神超脫。同樣，在《悲情城市》中也有一個寧靜港灣的空鏡頭，出現在文清給寬美（辛樹芬飾）講述風起雲湧的事件與經歷之後，作為從動盪的社會前景向寧靜的內心自然的撤退。只不過這個內在的自然，必定要在外在自然中找到自身的鏡像。

這種自然與社會——或想像域與符號域——之間的對立往往是侯孝賢電影的基本結構。《悲情城市》中的文清便可以看作某種無言的、自然的前主體，他的未語言化、未符號化、未

社會化的喑啞同天皇／陳儀／國文教員等人代表了社會政治符號秩序的壓迫性聲音形成了這部電影中的基本對峙[11]。在一個令人難忘的場景中，一群男性知識分子在討論著國事，而文清和寬美則並未加入討論國事的小群體，而是游離在外，用筆交談著個人的回憶和女妖的音樂[12]。一個是啞巴，一個是女人——即拉岡稱為男人之症候的——疏離於符號化的世界，似乎尚未進入那個社會秩序中。在另一個場景中，吳老師（吳念真飾）等一群知識分子在餐會中激情地唱起抗日的愛國歌曲，惟獨寬美沒有加入，而文清則在此刻端來一盤肉串讓大家享用——他們仍然疏離於現實的符號秩序之外。同樣，電影中反覆出現的寬美日記和家信中對天氣和風景的迷戀迥異於整部影片背景上的政治社會氛圍，凸顯了女性的前現代視野從現代秩序中的撤離。

三、鏡像化自我的瓦解與懷鄉主義的式微

從某種意義上說，對自然的感應也關聯著對土地的感應，也就是侯孝賢電影中時常出現的對於鄉土——台灣的鄉土——的某種熱情。《童年往事》中的阿婆（唐如韞飾）早先執著於

11　這樣的前語言的形象也屢屢出現在陳凱歌的電影中。比如《孩子王》中王福的爸爸是個默不作聲的勞動者，體現了自然和土地的無言的力量。《黃土地》中不發一語（雖然可以唱歌）的憨憨與他滿身的泥土氣是相應的。由此也可見侯孝賢與大陸第五代導演的風格之間具有某種親和關係。

12　有關女妖作為理性原則所拒絕的致命感性，可參見霍克海默和阿多諾在《啟蒙的辯證》中的論述。Max Horkheimer and Theodor W. Adorno, *Dialectic of Enlightenment*（New York: Continuum, 1972），p.34. 那麼，文清的筆談是否已納入了語言象徵秩序？我的回答是否定的。在這個場景裡，吳老師等人的討論代表了典型的社會話語。而文清的文字（正如多處出現在影片中的默片般的字幕），更接近於拉岡所說的「無意識中的文字」，構成了夢境運作機制般的轉義效果。

找尋回老家梅縣的梅江橋，但卻在路上不經意地發現並摘取了一堆台灣的特產水果芭樂，而且在回家後像孩子一樣開心地表演起了扔芭樂的技藝[13]。這裡，芭樂不僅屬於自然，更屬於台灣鄉土的自然，也屬於阿婆漸漸認同的那個族群。這個生長在自然鄉土上的族群的概念，同樣也是侯孝賢在他的電影裡試圖加以強調的。比如《悲情城市》中的吳老師有一句著名的台詞：「馬關條約有誰問過我們台灣人願不願意？」我以為，「台灣人」的概念提出的並不是作為國家的台灣意識，而是作為族群的台灣意識[14]。甚至可以說，《悲情城市》中的國家意識——或更精確地說，是國族意識——仍然是中國的，不過，即使黃先生的弟弟對於「生離祖國，死歸祖國」的信念和寬榮對於「我人已屬於祖國美麗的將來」的表白也似乎並非將祖國等同於作為政權的國家。然而，純粹自然的族群或鄉土，在二十世紀已經是神話，正如想像性的自我認同不可能擺脫大他者的符號性統攝而持久存在。那麼，侯孝賢對鄉土的執著熱愛，如同中國大陸八十年代的尋根思潮，也不能不放在面向整一文化身分的現代性維度上去考察[15]。

與鄉土或尋根面向相關的，還有侯孝賢電影中對動物的強

13　芭樂的意象也在侯孝賢的多部其他影片裡出現，比如《就是溜溜的她》中潘文琦帶小孩們摘芭樂，《冬冬的假期》中外婆叫冬冬別管外公的病人是誰砸傷的時候一邊遞芭樂給冬冬吃，這些場景也都是和鄉土美學緊密相關的。
14　侯孝賢從《悲情城市》獲金獅獎的威尼斯影展返回台灣時，在機場發表的談話明確表示反對台獨的立場。
15　可參考倪思然、倪金華：〈大陸「尋根文學」與台灣「鄉土文學」比較〉，《集美大學學報（哲學社會科學版）》2011 年第 4 期，頁 16-21。

烈興趣。在最早的《就是溜溜的她》裡，如果說潘文琦的同學們在動物園的聚會主要是引起某種娛樂效果，那麼顧大剛（鍾鎮濤飾）在田裡被蜈蚣咬傷則凸顯了鄉土的自然蠻力。同樣的效果也出現於《在那河畔青草青》：林文欽在樹叢裡抓到了一隻受傷的貓頭鷹，或者林文欽抓出一隻螃蟹塞進歐宏亮的衣領來報復他。當然，這部電影的主題之一便是如何阻止用非法的方式捕魚而汙染河道。這樣的大自然理念在侯孝賢新電影時期的《冬冬的假期》也十分明顯：冬冬用遙控玩具車來換烏龜就是用城市文明來換得鄉村文明。《冬冬的假期》裡的捕捉麻雀則和《在那河畔青草青》的捕魚有類似的指向：侯孝賢敏感於自然中的生物所瀕臨的危險。在《悲情城市》裡，水牛耕地的場景當然是另一個從自然生命狀態中尋求心靈慰藉的例子，牛的形象也蘊含了某種鄉土文明的緩慢與渾然。從受傷或受威脅的小動物那裡，電影的主體視角同樣找到了某種認同：一種在現代社會裡被侵犯的痛感使得這種認同意在試圖超越社會歷史符號秩序的壓制。

到了《南國再見，南國》，情形發生了些微但頗為關鍵的變化。這部影片裡有一幕是小高（高捷飾）和養豬農戶之間的運豬生意，當豬群在大卡車和豬圈裡走動的時候，我們不再感受到鄉村文明的理想面貌（或哪怕是受威脅的理想面貌），而是鄉村文明與世俗生活之間的交匯。這部影片中出現的另一種動物是狗。小高等人在鐵路邊的阿扁哥哥家吃飯時，小高坐在路邊台階上，從自己的碗裡夾菜給狗吃。豬和狗都是日常的、

缺乏超越象徵意味的動物，褪去了理想自然的外衣，甚至加強了這部電影中瀰漫的文明頹敗感。但無論如何，影片最後的情節——阿扁（林強飾）、小高被當警察的堂兄毆打和拘捕，直到最後的車禍——突出的仍然是民間、鄉土的自然生態在權力中心壓迫下的衰亡。在影片的後半部分，我們可以清楚看到社會大他者以法的名義而顯示出的嚴酷面貌。

對於民間生活或邊緣文化及其衰敗的興趣，也表現在侯孝賢電影中反覆出現的撞球場景。這種在西方世界可能是貴族休閒活動的遊戲，在幾十年前的台灣，「卻是低劣的地下活動，最常見於不良幫派的聚會場所、幾乎是不良分子的代表行為，甚至在民國 75 年時法律列管撞球場為『八大行業』之一」[16]。但撞球正是侯孝賢年輕時經常從事的遊戲活動。他曾表示，電影《最好的時光》第一段的《戀愛夢》其實就是他自己年輕時的故事：「1966 年，我正好要去服兵役前的時候，天天都在撞球室裡面泡著」[17]。這個經驗促使侯孝賢從較早的《風兒踢踏踩》就開始在他的影片中安置撞球的場面，但大多在主要情節線之外。《風兒踢踏踩》開場不久就有羅仔（陳友飾）等人打撞球的片段，用喧譁和騷動來和在旁靜靜枯坐的盲人顧金台（鍾鎮濤飾）做對比，也可以說是用羅仔的聒噪反襯出顧金台的沉穩與內斂。

16　陳雅玲、徐麗琪、連偉嵐、陳羿孜：〈「撞球運動」報告心得〉，見 http://faculty.ndhu.edu.tw/~yyuan/teaching/nineball.htm.

17　見陳弋弋：〈《最好的時光》香港上映 導演主演打造愛情史詩〉，《南方都市報》2005 年 10 月 27 日。

侯孝賢後來的影片在某種程度上沿襲了這樣的思路,但從文化意義上來說,對撞球場景的表達更多地染上了正面的情感色彩。至少,在《風櫃來的人》、《戀戀風塵》、《童年往事》這三部帶有強烈自傳性的影片中,撞球往往體現出某種青年亞文化生活的邊緣意味。在《風櫃來的人》開頭部分,撞球室的一幕之後就連接到遠景的尋釁打架場面,以及再往後的往廁所裡潑水的惡作劇段落。《冬冬的假期》裡也有冬冬和小舅(陳博正飾)打撞球的片段,也正是在這一段裡,冬冬聽到小舅和女友(林秀玲飾)調情的聲音,並且見到來找小舅的那兩個搶劫犯。可以看出,在侯孝賢的電影裡,撞球往往是安置於社會邊緣的符號網絡內的。即使是《戀戀風塵》裡軍營中的撞球娛樂活動,也是士兵們一邊玩撞球,一邊談論嫖娼的事情:言行與軍服間產生出極大的反差。最具典型意義的可能是《童年往事》,撞球成為現代體制的對立面:在副總統陳誠大殮的日子,阿孝在鳳山軍人之友社的撞球室與管理人員發生爭執而遭驅逐並罰站思過。但叛逆青年的反抗隨即爆發,阿孝及其同伴用石頭丟碎了撞球室的玻璃窗之後逃逸。《童年往事》中另一次打撞球的場景是廟前廣場上臨時搭起的簡易撞球台,西門的團夥來找阿孝尋仇,點燃了群毆的導火索。在侯孝賢後來的影片中,也多次出現過撞球的場面。比如《南國再見,南國》裡,打撞球的遠景與近景裡小高等黑道人物間的討債和勒索場面交匯在一起。那麼,在《最好的時光》的第一段《戀愛夢》裡,撞球的主題抵達了高潮,本片的主要情節就是發生在撞球間的愛情

故事。沒考上大學的兵哥阿震（張震飾）和撞球間記分員秀美（舒淇飾）無疑也是遊走於社會邊緣的青年男女，有如球桌上滾動的球，不經意地碰到了一起而擦出了火花。在影片中，與體制之間的張力仍然依稀可見：因為阿震苦苦跑遍大半個台灣終於找到秀美時，只剩幾個小時就必須遵紀回兵營了。

侯孝賢的電影對於社會邊緣人物的關注還表現在其他方面，比如各類身心殘障者在他的影片中也都有呈現。從較早的《風兒踢踏踩》裡，盲人顧金台就是一例；甚至在電影裡，女主角蕭幸慧（攝影師）還追拍坐在牛車上的盲人，表達出特殊的關懷。當然還有《風櫃來的人》裡那個癡呆的父親和《冬冬的假期》裡的智障女，等等，都是被社會所遺忘或遺棄的人（卻不無善良的本性，如《冬冬的假期》裡救人於鐵軌的智障女）。

另外，在侯孝賢的電影中，與國家權力對立的不僅是自然與鄉土及其周邊元素，不僅有「自然」的社群或族群，還有國家體制外的組織——幫派、團夥、黑道、民間群體等，它們具有明顯的自發和反叛的色彩。從《風櫃來的人》中阿清、阿榮、郭仔的小幫派和《童年往事》中阿孝等人在校內和校外的小團夥，到《悲情城市》中林阿祿（李天祿飾）和林文雄（陳松勇飾）所代表的地方流氓，再到《好男好女》中的阿威（高捷飾）和《南國再見，南國》中的大哥和扁頭所代表的當代黑道，侯孝賢所表露出來對他們的同情是不言而喻的。除了《悲情城市》中與權力機構勾結的外省人幫派之外，侯孝賢電影中的黑道和幫派基本呈現出正面的形象。侯孝賢曾經承認，如果不是去拍電影，

他自己就「很可能變成一個流氓」[18]。作為這一系列電影的尾聲，《南國再見，南國》似乎是對幫派文化的一次輓歌式的道別。兄弟紐帶和江湖情義猶在，但已經無法面對當代社會的種種制約。在這部電影的結尾處，大哥小高由於座車衝出車道，死於蔥鬱的農田裡，這幕場景可以說是侯孝賢電影中田園主義的深刻反諷。

《好男好女》中的阿威則死在黑道自己的槍口下。這使得《好男好女》建立起現在與過去的對立關係：阿威的隨意被殺同鍾浩東（林強飾）的英勇犧牲相對照，梁靜與姊夫（蔡振南飾）的暗度陳倉同蔣碧玉（伊能靜飾）與丈夫生死與共的愛情相對照，甚至互打出手的梁家姊妹同情意至深的蔣家姊妹相對照，更不用說（梁靜所唱的）「別人的生命是框金又包銀／我的生命不值錢」的頹唐小調同（當年熱血青年所唱的）「當悲哀的昨日將要死去／歡笑的明天已向我們走來」的奮發歌聲之間的對照了。這便是《好男好女》所展示的彩色與黑白的辯證法，用侯孝賢自己的話說，就是「目的是要表現這兩個時代的對比」，「在五〇年代初期發生白色恐怖時，愛國的情操超過了一切，每個人的生命都從保衛國土所做的抗爭和戰鬥中找到了意義；而今天卻正好相反，每個人都比較自私」[19]：現在與過去的對比似乎就是空虛與理想的對比，那麼懷舊也就與我前文論述到的懷鄉一樣成為一種從現代社會的退卻。然而，這個受

18　龍傑娣編：《侯孝賢》（台北：財團法人國家電影資料館，2000），頁 83。
19　同前註，頁 104。

到懷念的過去卻並非寄情山水、天人合一的前現代詩境，而是現代性符號秩序的一部分：鍾浩東和蔣碧玉所為之獻身的——不管是稱作愛國主義還是共產主義——本身就是大他者提供給現代性的特殊命名。難怪《好男好女》這部影片暗含了一個深刻的反諷罅隙：假如鍾浩東、蔣碧玉們為理想而奮鬥所實現的歷史結果是梁靜們空虛頹廢的當代生活，那麼這種奮鬥的正面意義又從何談起？

四、火車／鐵道：懷舊與瞻望的辯證法

懷舊的曖昧性或多重性在侯孝賢電影裡有各種面向的表現。《童年往事》裡的一個著名段落是阿婆帶著阿孝在一個鐵道邊的小吃攤吃冰，阿婆突然用客家話問起老闆娘：「梅江橋在哪裡？……梅縣的梅江橋……」這個小吃攤背後就是鐵路的軌道，身後有轟隆隆的貨運列車駛過，噴出濃煙，發出嗚嗚的汽笛聲，沿著彎扭的軌道駛向遠處。這一次，阿婆對中國的懷舊（懷鄉）與緊接著的一幕摘芭樂和丟芭樂的歡樂場景形成了鮮明的對照：沉浸在與（台灣本土水果）芭樂共舞的歡樂氣氛裡，阿婆的族群身分認同發生了一定程度的移動和偏離。阿婆對故鄉的懷舊與他鄉生活的怡悅狀態形成了一種有趣的關係：懷舊反倒意味著中國的身分認同，代表了某種唯名論的符號規範，而對自然（芭樂）的喜好則回到了人類文明意義上對自然的懷舊，也可以說，通過對自然的觀照以期獲得想像性的自我

定位。

那麼，回到小吃攤的場景，從隱喻的層面上看，對火車和鐵道的捕捉呼應了懷舊與瞻望的辯證法。在《童年往事》中，如同在侯孝賢一部分電影裡（包括《兒子的大玩偶》、《南國再見，南國》），火車呈現出某種緩慢的狀態（有時甚至是停滯的狀態，比如在《兒子的大玩偶》裡，坤樹在貨車停靠的交錯軌道間追逐捉弄他的孩童）。在許多這樣的場景裡，火車與鐵軌就是原生態日常生活的一部分，比如在《戀戀風塵》裡阿公送阿遠入伍的早晨，二人慢慢沿著鐵軌走遠。在所有這些場景裡，火車和鐵軌都呈現出某種日常性與神祕性的交融：既是生活場景的現實寫照，又具有對某種模糊時間性的隱喻意味。因此，從隱喻的角度看，《戀戀風塵》這個場景裡伸向無盡遠方的鐵軌暗示了未來的不測（之後的情節發展果然是阿雲沒等阿遠回來就跟郵遞員結了婚），《童年往事》的小吃攤那個段落裡駛向遠處的火車或許同樣意味著以阿孝家庭為代表的外省族群，在身分認同的歷史走向上所經歷和將要經歷的蜿蜒曲折與曖昧不明。可以說，在侯孝賢的這些電影裡，鐵軌或火車以某種空間向度上源頭與去向的模糊感隱喻了時間向度上的歷史迷惘感。[20] 也可以說，火車所代表的現代性符號秩序

20　離別的主題本身應當也和去向不明（甚至未來的懷舊）等感受緊密相連。從這個意義上說，侯孝賢電影裡除了大量的火車場景之外，也有一些（公共）汽車的場景。比如《風櫃來的人》的第一個鏡頭就是公車站牌，接著是駛來的公車（和片名）。阿清、阿榮和郭仔到了高雄後坐公車，還兩次差點上錯車：車被描繪為方向迷失的符號。《最好的時光》第一段《戀愛夢》的結尾處，公車成為一個缺失的符號：阿震因為錯過了末班車，只能和秀美在車站外等叫客車，但究竟最後是否等到了車，影片給出的是一個不確定的答案。

在侯孝賢的電影中所顯示出的往往是遭到了劃除的大他者能指
—— S(Ａ)[21]，因為它無法帶來權威的確定性。

　　侯孝賢對火車和鐵道的強烈興趣是從他的第二部影片《風
兒踢踏踩》開始的，但當時並沒有如此鮮明的個人特色和豐富
的隱喻性。《風兒踢踏踩》有蕭幸慧帶羅仔到火車站去接她弟
弟、蕭幸慧帶顧金台到火車站去接她爸爸的場景，還有蕭幸慧
從鹿谷回台北出火車站時後面火車駛過的鏡頭。這裡的火車場
景似乎較明確地表達了某種城鄉的差別和空間的遷移。到了侯
孝賢的第三部影片《在那河畔青草青》，火車和鐵軌的鏡頭占
據了更大的、甚至過於密集的篇幅。同樣，火車似乎是作為鄉
村（或鄉鎮）與城市（或城鎮）之間的連接出現的。片頭就展
示出田野旁的鐵軌，有火車駛出隧道，而學生們穿過鐵軌進校
門。城裡來的盧大年（鍾鎮濤飾）坐火車打瞌睡然後匆匆下車，
到了出站口又折回車窗口拿火車票的情節，或多或少表現了空
間遷移所帶來的精神恍惚。片中其他的火車（站）場景，包括
林文欽爸爸在火車站接親戚（表妹一家），盧大年在火車站接
父親，周興旺和妹妹蹺家坐火車去找媽媽，以及被找到後盧大
年和兄妹倆的父親去火車站接，無不強調了火車作為現代化交
通工具所連接的此處（鄉鎮）和彼處（城鎮），儘管侯孝賢並
沒有給予過於簡單化的價值判斷。直到片末，學生們在火車站
送別盧老師，火車和鐵道同樣是從鄉鎮（內灣）通往城鎮（新

21　「S(Ａ)」裡的 S 是 Signifiant（能指），Ａ是遭劃除的 Autre（大他者）。拉岡以這個記號表明作
為大他者符號本身的匱乏。

竹）不同空間的器具。

　　這兩部都不算是侯孝賢新電影時期的作品，但預示了他後來電影中對火車豐富隱喻意味的運用。《兒子的大玩偶》裡有一個片段是坤樹趕去火車站，趁火車到站人群出站時展示身上的廣告。這裡，紅色列車的影像、速度、節奏等在視聽的多個層面上產生隱喻性：比如火車的噴氣、鳴笛等巨大聲響與坤樹對廣告效用的心理期待是相應的（儘管出站的人們幾乎沒人注意他的存在），而火車離開後的寂靜又對應於他的失落情緒（之後坤樹垂頭坐下，回憶起當初爭取這份工作的場景）。因此在這裡，喧鬧與無聲所形成的張力使得影片具有了引人深思的效果。在侯孝賢成熟期的電影裡，《冬冬的假期》算是大量運用火車和鐵路場景的一部影片，火車的符號功能也較為豐富。小舅帶著冬冬和婷婷（李淑楨飾）坐火車去外公家，在一定程度上沿襲了《在那河畔青草青》的空間遷移模式，但似乎更明確了從城市到鄉村的田園主義路線。甚至小舅下車給女友送衣服誤了車，也是《在那河畔青草青》裡盧大年把車票忘在車上，差點因火車開走而出不了站這類情節的變奏，在一定程度上暗示了現代交通工具的機械運作方式及其難以掌控的風險。這種風險的另一次更戲劇化的呈現則是婷婷絆倒在鐵軌上差點被火車壓到的段落：火車代表了現代性對田園世界的猛烈闖入，而婷婷的幼小形象則和鄉村的純潔無辜聯繫在一起。如果說冬冬和婷婷出火車站後玩的電動玩具車和當地孩童玩的烏龜分別代表了城市與鄉村的文化，那麼此後在鄉村兒童賽烏龜的背景上

飛馳而過的火車也同樣明顯地對照了代表前現代文化的慢速烏龜和代表了現代文明的快速火車。可以說，侯孝賢的主要興趣便在於描繪出在田園背景上現代機械的侵入，因此冬冬外公家貌似寧靜的小樓正對著鐵軌，火車在咫尺間轟隆隆地駛過。外公外婆代表的鄉村時間遭到火車所代表的現代化時間的切割，二者在兩個場景裡都形成了鮮明對照：一次是外公外婆在火車站等火車（看望女兒）時，火車從（靜止的）二人面前飛馳而過；另一次是外公外婆在田野裡漫步（遠景，緩慢的行走），音軌是冬冬給媽媽寫信的畫外音，同樣火車從鐵軌上疾速駛過。

火車的符號性意味在外公追打小舅（因為小舅的女友未婚先孕）的那個場景裡展示得淋漓盡致：在背景上駛過的火車，不僅以其轟鳴聲應和了外公的暴怒，同時也以其「正直」的面貌呈示了現代化符號秩序的威嚴。但外公未能教訓小舅，甚至最終與兒輩達成了妥協。可以說，火車一方面是規則的、整飭的現代化符號，另一方面也暴露出極度的威脅與不測。

侯孝賢電影不時出現的火車與鐵軌的意蘊恰好可以與拉岡在〈無意識中文字的動因或佛洛伊德以來的理性〉一文中所講的一個著名故事相參照：

> 一列火車到達車站。一個男孩和一個女孩，哥哥和妹妹，面對面坐在包廂裡的車窗邊，可以看到火車停下時經過的車站月台上的房屋。哥哥說：「我們到女廁了！」「笨蛋，」他妹妹回答說，「你沒看見我們到

了男廁。」除卻故事裡的鐵軌將索緒爾公式裡的橫槓
物質化，被設計成暗示著抵抗而不是辯證的形式之
外，我們還必須眼開眼閉，才能弄混這裡的能指與所
指的各自位置，從而不遵循能指從照耀的中心將它的
光反射進未完成的意指關係的黑暗中。[22]

　　這段令人費解的言語有一個核心要義，就是將索緒爾的能
指 - 所指公式裡的橫槓不再看作是連接能指所指的中介，而是
解釋為抵制意指關係的障礙。在拉岡的故事裡，性別差異作為
男廁女廁的能指符號的所指，體現出社會大他者的武斷和權威，
但同時又無法掩蓋這種權威之下「未完成的意指關係的黑暗」。
那麼，在侯孝賢的電影裡，鐵軌又是如何阻礙了符號秩序的整
一？如果火車通常是現代性（現代化）的能指，那麼，很顯然，
在侯孝賢那裡，它的所指變得更為曖昧不明。侯孝賢鏡頭裡的
火車往往並不代表了現代文明的先進或速度（例外的是他取景
日本的影片，主要是《珈琲時光》，也許還包括了《千禧曼波》，
下文將會討論到），而是一方面呈現出工業文明的面貌，另一
方面又將這種工業文明置於農業或鄉土文明的巨大背景上，同
時暗示了現代工業文明本身的某種殘敗和衰頹意味。《童年往
事》和《戀戀風塵》當然都是最重要的例證，而《南國再見，
南國》更是集中體現了這一景觀。

22　Jacques Lacan, *Écrits: The First Complete Edition in English* (New York: W.W. Norton and Company, 2006), p.417.

《南國再見，南國》出現過三次火車和鐵道的段落。第三次出現的火車和鐵道是小高等三人騎摩托趕往嘉義，在鐵路邊的阿扁哥哥家吃飯，他們在門口晃悠，面對交錯的軌道，有火車隆隆駛過。這個場景裡的軌道交錯，或多或少與阿扁正在和將要面對的家庭（財產）糾紛有隱喻式的關聯。但小高等三人的鄉土風格的生活方式和習慣，才使這個場景更具張力：火車作為現代工業的符號指向了鄉村與城鎮之間的某種錯位感，使得侯孝賢貌似簡單的懷舊美學有了更加複雜的面貌。而《南國再見，南國》中第二次出現的火車場景，有一部分與《戀戀風塵》的片頭場景十分相似：電影開始後大約十六分鐘處，扁頭蹲在房頂平台上，一邊吃飯一邊俯視下面火車駛來停靠，兩個老婦人艱難地攀爬上車。鏡頭轉為火車交替穿過隧道和樹林，忽明忽暗。在《戀戀風塵》的片頭，阿遠和阿雲乘坐的火車在山間穿行，穿越重重隧道，明暗交替的場景象徵著日後阿遠精神成長過程中的坎坷起伏。那麼，《南國再見，南國》裡的類似處理是否也暗示了人物命運的載沉載浮？無論如何，老婦人艱難地攀爬上車的處理也使得火車的符號功能變得可疑：火車非但無法體現現代化交通工具的便捷，反而顯示出遲緩、原始，甚至停滯的狀態（如同《兒子的大玩偶》中棄留在軌道上的列車車廂）。

　　在《南國再見，南國》的片頭（片名出現之前），還有一幕更為特別的火車場景，這個場景似乎可以與《戀戀風塵》的片頭場景做一個對照。《戀戀風塵》中向前行駛的火車場景在

《南國再見，南國》裡轉換為後退的視角，從平溪線上行駛的火車尾部向後觀看：小高、扁頭、小麻花（伊能靜飾）他們乘坐的火車和一列前行的火車交錯而過，然後從山色迷濛的野外緩緩退入古樸的十分小鎮。這個後退的視野的確涵義頗為模棱兩可。從某種意義上說，侯孝賢的懷舊美學本身就是一種後退的視野。但這裡，他的鏡頭並沒有退向絕對純淨的自然田園，而是從山水風景退向一個古舊而略顯破敗的小鎮。可以說，《南國再見，南國》將火車符號原本的進步象徵和鐵路符號原本的前進象徵雙雙解構了，而代之以衰頹或蒼涼為核心的鐵道景觀，而這也是這部影片所表達的中心意涵：鄉村文化的衰敗——片名中的「再見」顯然意指了這種告別，而重複地感嘆「南國」又增加了這種告別的儀式感。

在侯孝賢後期的電影創作中，《珈琲時光》是較多採用火車與鐵軌場景的一部。影片的一開頭就是東京的電車，片中也多次出現陽子坐電車的場景，以及多列電車交叉駛過的畫面。更有甚者，侯孝賢為了拍攝陽子與肇（淺野忠信飾）分別在兩列先是平行行駛爾後分道揚鑣的電車上交錯而過的畫面，讓攝影師苦等了十三天。

在影片中間部分，肇去找陽子，給她看自己在電腦上的一幅繪圖。在圖裡，那些被畫成直線的電車仍然似乎代表著現代都市具有整飭和結構意味的符號組合——「上面的名字都已經寫好了」——是文字化和符號化的。但「中心部分有點暗」，又吻合了這樣一個事實：這個符號化的城市空間，必然具有某

個真實域（real）的黑暗之核。林文淇在論述這個段落時指出：「對陽子而言，整個都市確實如肇的電車子宮圖所描繪的像是孕育她這個小市民的子宮。」[23] 在交錯的鐵道中央，有一個胎兒般的形象被電車重重包圍，陷於黑暗之中：「裡面的小孩有些可憐，有些危險。」這個胎兒與陽子懷著的身孕當然有密切的聯繫，同時這個黑暗之核與陽子失敗的戀情也有一定的關聯——或者說，也暗示了兩性間、兩種文化間產生的創傷所孕育的真實域內核。當胎兒的形象被放大時，我們發現他配備著錄音設備——顯然，這個形象與喜歡收錄電車聲音的肇自己有著重合的關係。而電車聲音的隨機和無序可以說是火車和鐵道的符號秩序無法掩蓋的真實域殘餘——小它物（objet *a*），由此探索了火車所建立的符號意義中的內在無意義。火車的大他者能指不但顯示出某種根本的匱乏，也顯示出某種超量的、剩餘的快感：噪音——機械聲音本身的創傷化特性——作為絕爽（jouissance）從火車的符號秩序中滲漏出來。

五、缺失的「父之名」

如果說侯孝賢的電影裡被認同為理想自我的小他者往往呈現為寧靜的自然景色，那麼我們幾乎看不到作為自我理想的大他者。本應占據大他者位置的父親形象要麼具有某種象徵性的病態、傷殘或弱勢，意味著符號域本身就具有符號化的缺陷

23　林文淇：〈《珈琲時光》的「電車子宮圖」〉，《放映週報》220 期（2009 年 8 月 13 日）。

（symbolically flawed），要麼失去了父親的權威功能，顯示出某種匱乏的特性。

其實，在侯孝賢早期的三部電影裡，被解構的父親形象就已經初露端倪：父親的角色常常被塑造成具有丑角特徵的形象。在《就是溜溜的她》裡，潘文琦為了躲避父親（崔福生飾）安排的婚事而逃家後，她父親聽到女兒的錄音留言裡說去姑婆家玩幾天，趕忙去撥電話，不料又聽到錄音裡說「我知道你一定在撥電話，可是我勸你放下來」，立刻張口結舌，呆若木雞。這個父親非但喪失了權威，並且完全處於被女兒操控的窘境中。《風兒踢踏踩》裡蕭幸慧的父親（周萬生飾）則被塑造成一個不斷找廁所的插科打諢式的人物。只有《在那河畔青草青》是例外：盧大年的父親（古軍飾）到陳素雲（江玲飾）家提親，忠實扮演了符號性委任的大他者角色。這裡當然可以看出侯孝賢早期商業電影中或多或少的保守意識形態面向。不過，當這個父親看到陳素雲從屋內走出時，居然脫口而出：「假如我早看到了，我一定會比我兒子更急呀！」這裡，貌似幽默的話語卻充滿了淫邪的惡趣。另外，電影中的線索之一描述了周興旺同學的單親父親周文（崔福生飾）在河裡非法電魚遭到批評，最後孩子也看不起爸爸，蹺家出走去找媽媽的故事。這個窩囊的父親具有日後侯孝賢電影中父親形象的基本面貌。

在侯孝賢新電影時期的第一部影片《兒子的大玩偶》裡，父親坤樹的角色是一個真正的丑角，只能在以玩偶的面貌充當兒子的想像性小他者時才顯示出與父親地位無關的功能。坤樹

雖然是個父親的角色，他的形象卻被塑造成不僅毫無權威而且遭人欺負的底層勞動者。影片描繪了坤樹如廁時被群童捉弄，脫下的衣物被偷走並取笑，也就是說，他在孩童面前完全喪失尊嚴，也喪失了父親的符號功能。

父親喪失其符號功能，可以在侯孝賢許多其他影片裡看到。在《戲夢人生》裡，李天祿的父親許金木由於入贅而變得身分可疑。更關鍵的是，「父之名」也遭到了剝奪：李天祿小時候稱父親為「叔叔」，並且不隨父姓。儘管這個父親有過較為強悍的面貌，每每試圖建立起父親的權威，比如，當他以凶悍的態度質問小李天祿跟誰打架時，卻完全得不到回應，權威性遭到了徹底的無視。在劇團老闆派人來李天祿家提親的那個段落裡，父親罵罵咧咧，李天祿也大聲駁斥父親的反對意見，最後父親也沒能阻止這門婚事。而在《千禧曼波》裡，父親則試圖占據「法」的地位，但最後卻不了了之，不知所終。《千禧曼波》裡有一個未現身的父親，即小豪的父親，在電話裡追問小豪（段鈞豪飾）有沒有拿過手錶（但父親連聲音也並未出現，他的存在是通過小豪的回答暗示的）。這種「不現身」倒是體現了「父之名」的符號意義（及其空缺的特性）；而那些因父親報案而前來搜索的警察（擁有「法」的身分）也可以看作是父的替身。奇怪的是，搜索似乎並未發現那塊小豪偷竊的錶，也就是說，父法依舊呈現出失效、無能的狀態。

侯孝賢塑造的這一類父親形象掏空了父親的符號功能，也可以說揭示了這個符號本身的匱乏——或者，那個徒有名分的

父親是呈現為喪失或放棄了權威功能的。《悲情城市》並沒有一個典型意義上的父親形象，但林阿祿又的確占據著某種意義上的父親身分。和大部分的父親不同，這是一個老年的、過氣的父親，雖然有一次也教訓瘋兒子林文良（高捷飾），但誇耀的是自己如何在社會上起著「大事化小小事化無」的和事佬作用。在林文雄發脾氣砸東西時他以父親的口吻來訓斥，也完全起不到規範的作用，反倒有如插科打諢。根據文雄的回憶，父親在他年少時是個十足的賭徒，把兒子綁在電線杆上，自己去賭博，完全放棄了父親的職責。這部電影的最後一個冗長鏡頭是他和家人在默默吃飯，一個陷入日常化的父親形象徹底失去了符號功能。到了《珈琲時光》，陽子的父親（小林稔侍飾）基本上沉默寡語，甚至在兩次談到女兒未婚先孕的事情時也全然不置一詞。無論是出於什麼原因，這個傾向於獨自沉思的父親放棄了作為社會規範的角色，或者說，放棄了大他者的位置，效果跟《童年往事》和《風櫃來的人》裡父親的空椅子是類似的（見下）。

　　另一種放棄父親身分的方式是將子女的位置撤空，從而使自己不成為父親。這就是《好男好女》的情形。這部影片裡唯一可以視為父親形象的無疑是鍾浩東，但他被描繪成甚至還沒到履行父親職責的階段就放棄了父親的身分——他把剛出生的幼兒給了別人。影片對他後來的子女及其關係基本省略，最後，鍾浩東的死也使得子女們成為無父的一代。最為省略而低調的父親形象恐怕是《冬冬的假期》裡楊德昌飾演的冬冬父親。這

個角色在開頭和結尾出現了兩次，被塑造成是個面帶微笑但沉默寡言（幾乎沒有台詞）的人，看不出具有任何父親的權威感。當冬冬的妹妹婷婷抱怨男生「好不要臉哦，脫光衣服游泳」時，父親完全沒有就這個道德話題發表任何言說，只是敷衍地回應了一聲「真的啊」，也可以說是對父親角色的毫不在意。相對而言，外公（古軍飾）作為小舅的父親反倒具有至少表面上的某種權威，當然也對孫兒輩的冬冬、婷婷產生了一定的威懾力。比如冬冬和婷婷在樓上滑地板弄出了噪音，正在樓下診所行醫的外公蹬蹬地跑上樓來瞪眼看他們，制止了孩童們的嬉鬧。冬冬還在外公的監督下背誦唐詩，於是外公也占據了文化大他者的位置。作為小舅的父親，外公在得知小舅讓女友（林秀玲飾）懷孕後，拿著木棒追打小舅，但還是體力有限沒能追到，只好用砸爛小舅的機車來洩恨。從這個片段可以看出，作為小舅的父親，外公仍然是無力的，他最後也沒能影響或阻擋小舅和女友步入結婚殿堂。這個老年的父親形象可以和《戲夢人生》裡李天祿的父親相參照。

　　教訓兒子的父親也出現在《尼羅河女兒》裡。曉陽的父親（崔福生飾）在第一次出場時似乎很強悍，動不動就打起兒子來，但正如《冬冬的假期》裡的外公，暴躁的父親未必有真正的權威。這位父親是個傷殘的形象，因為受了槍傷，左臂纏著紗布和繃帶掛在脖子上，常常癱坐在床上或沙發上，還不時需要曉陽（楊林飾）給他熱敷或擦身，顯出很痛苦的表情，或發出微弱的說話聲。在侯孝賢許多（至少五部）電影裡，父親的

角色是以病弱或傷殘的形象出現的 [24]。比如在《風櫃來的人》裡，阿清的父親（張民齡飾）因為被棒球擊中腦門打碎了顱骨而失智，整日坐在家門口的藤椅上發呆（阿清到高雄後不久，他就去世了），以至於阿清到了高雄，同鄉黃錦和（庹宗華飾）見到他時最先聯想到的就是「你父親頭上好像有個洞的那個」。這個「洞」本身當然就具有「空洞」的含義，暗示了父親大他者的內在空缺。不過，在阿清的記憶裡，父親仍然有曾經輝煌過的形象：那是在他小時候父親帶他走在海邊草叢中時，父親用棒球棒勇猛地打死了一條蛇。但是這個自我理想的形象後來卻輕易地被一粒小小的棒球打碎了。

《童年往事》裡阿孝的父親芬明（田豐飾）則是慢性肺病患者，影片還渲染了他病重時蹲在地上吐血的場面，以及醫生來治療時他癱坐在藤椅上的場景。之後在阿孝的姊姊（蕭艾飾）一邊擦地一邊在喃喃回憶，述說父親告訴她考上一女中的情形時，邊上的父親仰靠在藤椅上聽。他被阿孝姊姊發現失去生命跡象的時候，也正是這個仰靠在藤椅上的姿勢。直到最後病逝躺在靈床上，父親的形象一直被塑造為衰敗無力的。《童年往事》一開始便是幾個室內的空鏡頭，其中特別強調了父親的空椅子（十五秒鐘長的固定鏡頭）。這個空椅子標誌著被劃除的「父之名」——作為空缺呈現出來的大他者，為這部電影定了

24　葉月瑜曾在一次對談裡談到過這個現象，但並未深入分析和展開：「主角的父親，永遠都是式微父親的形象」（林文淇、沈曉茵、李振亞、葉月瑜：〈從暴力美學到社會意涵：《南國再見．南國》座談會紀〉，林文淇、沈曉茵、李振亞編：《戲戀人生——侯孝賢電影研究》（台北：麥田，2000），頁325。

調。有意思的是，《風櫃來的人》也突出過父親的空椅子，那是阿清父親的葬禮後的一個鏡頭。緊接著的是阿清坐在家門口呆呆地望著空椅子，回憶小時候父親出門時的場景：父親從藤椅上站起，跟母親道別，小阿清也被叫過來送別；小阿清倚在大門口望著父親遠去，身後就是那把空椅子；這時母親喊阿清吃飯的聲音響起，喊了兩次，但阿清沒有搭理（暗示著權威的空缺）；順著喊吃飯的聲音鏡頭又切回到現在，母親走過來，見到阿清面前的空椅子，就把椅子搬開，移出到鏡頭之外（徹底移除了權威的符號）。可以說，這兩部影片中父親的空椅子的符號最直接地標示了大他者的那個空位。

　　《戀戀風塵》也塑造了一個受傷的父親。阿遠的父親武雄（林暘飾）因煤礦事故而受傷，第一次出場時必須拄著拐杖才能一瘸一拐地行走，在家的時候基本是坐在窗口前，蹺著受傷的腿，抽著菸望著窗外，無所事事[25]。當阿遠拿著成績單，跟父親說不想讀高中想去台北找工作的時候，武雄的反應只是「隨便你」，放棄了作為法則權威的地位。在送阿遠入伍前父子一同進餐的場景裡，武雄甚至為兒子阿遠點菸、斟酒。緊接著的武雄喝醉酒搬不動石頭而跌倒的場景同樣表現了父親的某種無力感。到了《南國再見，南國》，小高和父親（雷鳴飾）一起

25　Haden Guest 發現，在《風櫃來的人》和《戀戀風塵》裡都有觀影時回想起父親受傷場面的段落。見 Haden Guest, "Reflections on the Screen: Hou Hsiao Hsien's *Dust in the Wind* and the Rhythms of the Taiwan New Cinema," in Chris Berry and Feii Lu (eds.), *Island on the Edge: Taiwan New Cinema and After* (HK：Hong Kong University Press, 2005), p. 36.《風櫃來的人》裡是阿清在影院看電影《洛克兄弟》（Rocco e i suoi fratelli）時，閃回到父親在棒球場上頭部被棒球集中倒下的場景；《戀戀風塵》裡是阿遠在警局看電視裡有關礦工生活的節目時，閃回到父親從礦難裡逃生的場景。

開心地吃飯，稍走開一會兒，父親已暈癱倒在凳子上。這個毫無來由的情節反映出侯孝賢對父親形象最慣常的處理（後來小高的言語中似乎暗示父親已經病故）。

結語：社會大他者的介入

　　作為「父之名」的大他者往往處於某種衰敗的狀態，但這並不意味著符號秩序在侯孝賢電影裡是絕對空缺的。儘管很少觸及真實域的險境，而是更多地展示出想像域的完美，侯孝賢的電影也並不僅僅是一次向想像域的簡單回歸，而是始終呈現出一種對於想像域的回歸願望在符號秩序影響或規訓下無法達成的狀態，而這種張力的形成和發展正是侯孝賢電影美學的基本架構。在早期的影片《風兒踢踏踩》中，蕭幸慧帶領學生把學校的標語牆變成了海底世界的壁畫，最後遭到了校長（梅芳飾）的批評。這裡，作為理想自我所倚賴的海底世界及其自然生物，是與現代教育體制的符號律法相對立的，但卻不能保證能夠抵禦律法的壓制。也可以說，侯孝賢在這裡涉及的是現代性的主導性力量對自然的壓迫。這個主題在他早期的影片中特別突出。比如在《就是溜溜的她》裡，顧大剛和他的同事為了在鄉間開路在火旺（石英飾）家門前進行勘測，遭到火旺和他父親（周萬生飾）的阻攔。顧大剛的說辭當然是典型的現代性話語：「開馬路是一件好事，可以使你們這裡繁榮發展」；但火旺和他父親卻不買他的帳，以粗鄙的回應回擊顧大剛的現代性話語：「發展個屁啊⋯⋯我們不要發展」（火旺），或者「發

展個鳥」（火旺父）。這場衝突甚至也是台語和國語的衝突，操台語的火旺和他父親代表了鄉村自然、理想生活、前現代，而操國語的顧大剛等代表了城市文明、符號秩序、現代性[26]。這條線索在電影中被擱置了，沒有獲得任何後續的解決：究竟是現代化的規畫成功開出了一條穿過火旺家的大道，還是火旺家的抗爭成功阻遏了開路的規畫，直到影片結束也完全沒有交代。《在那河畔青草青》也沿襲了這樣的主旨，這部影片的主要道德母題則是揭露電魚和毒魚這類破壞環境的行為，批判現代化科技對自然生態的威脅。儘管如此，當男主角盧大年在課堂上教育學生「大自然帶給我們的好處」時，他的道德訓導其實並未完全脫離現代性話語的終極構架，他宣揚的「大自然帶給我們的好處」並不是人與自然間純真的和諧與共，而是帶有十分強烈的工具理性意涵，到頭來還是將自然當作一種人類操控的實用化對象：「河川裡面可能有一種很珍貴的魚類或者是其他的東西，目前呢也許對我們沒有用，可是，可能很久很久以後，它可以抵抗某一種新的疾病，或是其他的用途。」也可以說，在這些侯孝賢早期電影的例子中，即使創作者的意圖和傾向十分明顯，電影自身所呈現的總是更為複雜難解的矛盾——對自然的熱愛總是或明或暗地受到現代性體制和現代性話語的制約。

　　同樣，在某些時候，懷舊也同樣可以成為精神成長的契機。

26　在這部影片裡，侯孝賢還藉上台北的姑婆之口，道出「真想不通，每天有那麼多人上台北」。

甚至鏡像化的自然也能轉化為符號化的門檻。其實，在《戀戀風塵》的結尾，在阿遠遭遇鏡像化自然的同時，他也同時聆聽了阿公有關颱風肆虐的（原型）故事。這時，自然就不僅僅是可以認同的自然，而是作為法則的自然，是必須臣服才能成長的父親形象——而這個法則也是通過阿公這個男性長者的話語來傳遞的。有意思的是，阿遠穿過家裡的房間到屋後的菜園聆聽阿公的話語的過程中，他看到了母親（梅芳飾）正在沉睡。女性長者的沉默與男性長者的話語形成鮮明的對照。在《童年往事》的結尾，同樣是女性長者的無聲——陳屍多日的阿婆——襯托了阿孝的成長。而男性長者的話語則是由收屍人來完成的。在這個場景中，阿孝的畫外音告訴我們：「收屍的人狠狠地看了我們一眼：不孝的子孫！」這裡，收屍人顯然代表了社會倫理的大他者，而對於阿孝來說，「主體」的建構不能不說是通過社會倫理大他者的質詢來完成的。

　　《風櫃來的人》、《童年往事》和《戀戀風塵》這三部自傳體的電影都可以看出成長小說（Bildungsroman）的情節結構。而成長小說正是現代性的典型表達，因為青年的成長在相當程度上關聯著目的論，成為線性歷史發展的縮影。莫瑞蒂（Franco Moretti）就曾說過，「青春是現代性的『本質』，是尋找未來而非過去的意義世界的符號」，因而成長小說是「現代性的『符號化形式』」[27]。在《風櫃來的人》的結尾，阿清在一系列的

27　Franco Moretti, *The Way of the World: The Bildungsroman in European Culture* (London: Verso, 1987), p.5.

情感起伏的經歷之後，在街上叫賣起打折的商品來，在商業秩序的語言體系中建構起自身的「主體」。不過，從拉岡的角度來看，主體絕非成長的理想目標，它只是一個位置，一個受到社會符號秩序異化的功能（這裡，拉岡的主體異化論可與馬克思的異化理論相連接 [28]），充滿了內在的分裂和錯位。但這個與現代商業社會及其原則相關聯的面向，並非侯孝賢的主要關注焦點，而是楊德昌的電影致力於探索的。

28　拉岡的「異化」（alienation）概念本來迥異於馬克思的異化概念，指的是一種主體化的必要條件，因為主體無法自我確認，主體化的過程必然是被他者異化的過程。

楊德昌

主體異化與現代性符號秩序的式微

◆

　　在台灣新電影導演中，如果說侯孝賢不斷試圖從符號域撤離到想像域，卻仍然無法抵擋符號域的規整，楊德昌則往往通過直面符號域，揭示出符號域無法掩蓋的真實域。換句話說，侯孝賢往往關注的是建立永遠無法實現的理想自我（ideal ego）即鏡像化自我，楊德昌則乾脆展示出自我理想（ego-ideal）的內在瓦解。這個自我理想，也就是拉岡意義上的符號大他者——無論呈現為傳統文化的規範，還是呈現為現代文明的律法，或是呈現為當代社會的構築——都集中於對現代性的思考：現代性作為符號他者，既是一套話語規範，又是主導型的文化能指，在楊德昌電影的社會歷史背景上扮演了至為關鍵的角色。而各色人等如何在現代性符號秩序中活動，構成了楊德昌電影主要的觀察對象。也可以說，楊德昌所致力於探討的正是主體在與這個符號域大他者之間發生的種種關聯及其表現。

　　楊德昌電影展示出的社會批判、體制批判、意識形態批判與現代性批判意味已是諸多學者討論過的關鍵議題。比如，呂彤鄰（Tonglin Lu）就明確認為：「楊德昌的電影更關注都市中的異化，其中每個人都基本上被描繪成在現代科技巨大而非人化的海洋裡的無家可歸者。楊德昌電影的主導題旨之一便是金

錢作為消費社會的上帝如何瓦解了傳統亞洲的家庭結構」[1]。甚至詹明信（Fredric Jameson）在他著名的〈重繪台北〉一文中，也強調了楊德昌的電影是「從都市資本主義的語境來看……我們當代的後自然社會中理性概念的擴張」[2]。從拉岡理論的視角來探討楊德昌電影，可以勾勒出楊德昌批判美學的整體構架，並且揭示出大他者自身的匱乏和創傷。換句話說，從拉岡理論的框架來看，楊德昌的批判維度並不僅僅是外向的社會批判，因為社會大他者的缺失正是主體試圖以自身的缺失來填補的對象：他者已經被主體內在化了，而不僅僅是外在的壓迫。以拉岡理論來切入，可以更深入地了解楊德昌電影美學的複雜層面，特別是人物主體與社會他者之間的微妙關係，以及楊德昌所揭示的符號秩序內在的「真實」樣貌。

一、現代性大他者與主體的雙重匱乏

拉岡的主體論蘊含了一個著名的悖論，也就是俗稱「要錢還是要命」的選擇：「假如我選擇錢，我二者都會失去。假如我選擇命，我擁有了沒錢的命，也就是說，遭到了剝奪的命。」[3]正如「要錢」無異於送命（自然「要錢」也就落空），主體的悖論在於，正面把持主體性的願望反而葬送了主體，惟有放棄

---

1 Tonglin Lu, *Confronting Modernity in the Cinemas of Taiwan and Mainland China* (Cambridge: Cambridge University Press, 2002), p.119.
2 Fredric Jameson, *The Geopolitical Aesthetic: Cinema and Space in the World System* (Bloomington: Indiana University Press, 1992), p.128.
3 Jacques Lacan, *The Four Fundamental Concepts of Psycho-Analysis* (New York: Norton, 1978), p.212.

主體性，將主體託付於他者，才能至少保持主體的空位。拉岡因此借用了黑格爾—馬克思的「異化」（alienation）[4] 概念，但用以描述主體的必然狀態：「因為這個悖論，這個敏感點，平衡點，主體僅以從他者（即無意識他者）中消失的形態出現在意義的層面」[5]。不過，他者本身卻也不外乎是一種空洞。

楊德昌的《指望》這個短片的片名本身已經暗含了一個主體必須倚賴的大他者的視角——當然，在這個大他者的視角下，主體（subject）必然臣服於（subject to）這一套話語的體系。不過弔詭的是，這個他者符號體系下的主體，僅僅是一個名義上的空位存在，而無法成為實體。顯然，《指望》中的「指望」不只是成長的青年人對自身的希望，而是來自上一輩的指望，甚至是指令。在影片裡，小芬母親（劉明飾）對小芬姊姊（張盈真飾）說：「我為妳好，只希望妳能讀個大學……妳再不給我好好念，真是對不起我，也對不起妳爸爸！」在這裡，所謂的話語，當然就存在於「為妳好……否則便對不起……」這樣的句法結構中。這裡，父親早已去世，他肉身的消隱反而強化了「父之名」的存在——作為語言性、符號性、律法性的存在。正如拉岡所言，「符號的父親，因為意指了律法，正是那個死去的父親」[6]。甚至可以說，母親占據了父親的位置，執行了死

4　在馬克思那裡，「異化」意味著主體的自由勞動變異為受奴役的、出賣自身的勞動。

5　Jacques Lacan, *The Four Fundamental Concepts of Psycho-Analysis* (New York: Norton, 1978), p.221.

6　Jacques Lacan, *Écrits: The First Complete Edition in English*, trans. Bruce Fink (New York：W.W. Norton and Company, 2006), p.464.

去父親的權威話語。不過，父親也只不過是社會大他者的一個換喻。從根本上來看，長輩對晚輩的要求，或「指望」，代表了社會大他者的指望或期待——你必須成為現代社會指望你成為的那樣的人。

在《牯嶺街少年殺人事件》中，葉月瑜曾觀察到，除了主角小四（張震飾）之外，「其餘人物的家庭背景似乎都曖昧不明，其共通處皆是父親角色缺乏或不在」[7]。這裡或許還可追問的是：小四的父親（張國柱飾）在何種程度上可視為部分屬於這個代表了缺失的父之名系列，在何種程度上又占據了父之名的地位？在影片的前半部，這個父親的權威形象一直較為薄弱，直到被警備總部傳喚訊問之後，父之名的功能才愈加獲得激發。對子女的「指望」母題在《牯嶺街少年殺人事件》的後半部裡便更為顯見——父親痛打老二時不斷反覆地詈罵道：「沒出息！不要臉！」自然，「出息」成為父之名對於子女一代「指望」的關鍵詞，以至於小四在被勒令退學後對父親許諾：「我一定幫你考上日間部！」顯然，這裡的「幫你」更明確地指明了拉岡的論斷：主體的欲望正是他者的欲望，並且主體作為他者的快感對象而存在。

《指望》中的小男孩小華（王啟光飾），不斷喃喃自語對未來的憧憬，也無非是要去滿足現代社會大他者的要求。在電影接近結尾處，他說：「我想明天開始就要練習跳繩，人家說啊，

---

7 葉月瑜：〈牯嶺街少年殺人事件（2）：搖滾後殖民與歷史記憶〉，見《楊德昌：台灣對世界影史的貢獻》（新北：躍昇，2007），頁131。

這樣會長高哦！」這個抽象的「人家」，毫無疑問，就是社會大他者——那個無所不在，卻不知所在，甚至完全不在的注目。他還承認，原來以為學會騎自行車，就可以「愛去哪裡就去哪裡」，也就是說，未來被投射為一個期待他前往的空間化他者，彷彿到處都可能有個小小烏托邦。不過這個被稱作「哪裡」的空間化他者最終也似乎是一個泡影，因為等他真的學會了騎車之後，反倒「不知道要去哪裡了」。這個代表了未來的現代性符號他者最終暴露出自身的空洞。

小華這個形象的塑造，帶有楊德昌後期電影漫畫化風格的雛形，顯然和（被）反覆「指望」或憧憬的高大形象有相當大的差距。同樣，姊姊離被大他者「指望」的那個標準也差之千里，全然缺乏學習、進取的興趣和作為。這一切都使得「指望」的概念本身釋放出強烈的反諷色彩，現代性大他者的效應遭到了暗中的瓦解。甚至，大他者本身就無法成為擔保的源泉。在《指望》裡，當小芬（石安妮飾）在半夜發現自己的初潮時驚起叫喊「媽！」，但屋內一片闃靜，沒有任何回應，媽媽的床鋪也是空的。因此，在拉岡的主體概念裡，除了「異化」之外，還有「分離」（separation），即「兩種空缺重疊在一起」[8]。用紀傑克（Slavoj Žižek）的話來說，「分離」意味著主體的空缺映射了他者的空缺：「當主體遭遇他者中的空缺，便以一種先

---

8 Jacques Lacan, *The Four Fundamental Concepts of Psycho-Analysis* (New York: Norton, 1978), p.204.

在的空缺——他自身的空缺——來回應」[9]。在《指望》裡，他者的空缺指的並不是父親肉身的闕如，而是父之名所代表的「指望」本身的虛榮、虛妄。「指望」，本身也是一種期待、願望和欲望，代表了某種空缺。與這個空缺相呼應的，是匱乏的主體與他者欲望的遭遇：小芬和她姊姊都屬於「要成為」（want-to-be）亦即「存在空缺」（manque-à-être）類型的角色，呈現出主體本身的未完成狀態。但需要指出的是，儘管主體的空缺相應於他者的空缺，《指望》這部影片也精妙地展示出這兩種空缺的互相錯位：如果說大他者的欲望空缺表現在望子（女）成龍的願望，指向未來的學業或事業成功，那麼主體的欲望空缺則表現在對於愛情的嚮往，和對異性的好奇。也就是說，主體無法真正成為他者的欲望對象，而是從現代性大他者的符號秩序中反彈出去，意味著他者欲望的失敗。但，或許惟有這種失敗，才能保證主體建構的成立，只是這種成立並不意味著對大他者欲望的滿足。這部影片的成長小說（Bildungsroman）式結構建立在這樣一個事實上：下一輩的成長或成熟與長輩對其完成現代性任務的期待是徹底錯位的。在這個面向上，描寫下一代最終徹底辜負上一輩期待的《牯嶺街少年殺人事件》顯然將這一主題再度淋漓盡致地鋪展開來。

　　《指望》是楊德昌的第一部影片，作為一部短片，對現代性大他者／父之名的處理儘管相對簡單，但基本奠定了日後

9　Slavoj Žižek, *Interrogating the Real*, ed. Rex Butler and Scott Stephens (London and New York: Continuum, 2005), p. 48.

創作的基調。在楊德昌成熟期的電影創作中，主體與大他者的關係成為核心的結構線索。在他的第二部影片《海灘的一天》的兩條線索裡，我們明顯在其一看到了《指望》的反例。林佳森的父親期待的子承父業得到了實現——但果真如此嗎？反諷的是，對佳森（高鳴鴻飾）來說，診所的事業最終只是一個被歷史所淘汰、被時間所遺忘的空幻概念，甚至自己的角色也從醫生變為病人，終因癌症離世。在這個意義上，佳森也許體現了嚴格意義上的主體分離：他試圖滿足他者的欲望，但用以填補他者空缺的卻是自身的空缺。而作為主線的林佳莉（張艾嘉飾），則幾乎可以說是延續了《指望》的故事：她違背父親的意願，要追求自己的獨立自主。那麼，也許我們可以推斷，佳莉試圖滿足的是另一個大他者的欲望，也就是那個叫作「自由」的符號。楊德昌延續了魯迅《傷逝》的現代傳統，揭示出「自由」作為現代性的符號秩序所蘊含的無法滿足的他者欲望。換句話說，「自由」或許是一個空洞的現代性符號，而主體只能以自身的空洞作為終極回報。在《海灘的一天》裡，佳莉的主體位置的獲取是由決定性的「喪失」為標誌的（這種「喪失」甚至包括了「喪失了知情」）：在電影的結尾處，譚蔚青（胡茵夢飾）的內心獨白以畫外音表明「海灘上的那個死者到底是不是德偉……似乎已經不重要了」，重要的是，佳莉「已經長大成為一個完美的婦人」，而這個成長正需以他者的不知所終為對應。也可以說，「自由」的現代性符號他者最終以真正的自由——空缺——的形態變異為代表喪失的「小它物」，因為「小

它物」本身就意味著既是過度又是匱乏的對象：這裡，「過度」便是過度自由，以喪失為代價的自由。

《獨立時代》這個片名表明了楊德昌的社會學思考依舊沿著主體與他者關係的路徑，因為「獨立」正是「自由」的具體形態之一，假設了主體對他者的非依賴性。這部影片顯然是以反諷的方式展示出「獨立」的面貌：片中追求獨立的角色們，無論是 Molly（倪淑君飾），還是姊夫（閻鴻亞飾），甚至小鳳（李芹飾），最後都未能跳脫出甚至深深糾纏於現代社會的網絡中。影片的英文標題叫作 The Confucian Confusion（儒者的困惑），這既是片中的姊夫這個角色所撰寫的一本書的書名，也指明了影片的主旨與孔子的學說相關，特別是有關個體與群體的觀念——而這，也正體現了儒家傳統與現代性話語的連接。楊德昌本人在談到中英文片名時提示說：「這片子……主要還是講人自己的問題，而且要自己負責任，這是『獨立』最重要的概念，而人跟人的關係在儒教的思想裡是有個倫理的結構的，而這個倫理的結構通常是規定，而這規定在時代的轉換時就會產生一些疑惑」[10]。比如，Molly 試圖在事業和經濟上獨立於未婚夫阿欽（王柏森飾），但這個虛幻的經濟主體一方面因為阿欽的安排處於 Larry（鄧安寧飾）的牽制或陰影之下，另

10　〈楊德昌談《獨立時代》〉，見黃建業等：《楊德昌——台灣對世界影史的貢獻》（新北：躍昇，2007），頁 157。尚·米榭爾·弗東在他的《楊德昌的電影世界》中提出，《獨立時代》的片名也標明了一個開始出現台灣獨立聲音的時代（尚·米榭爾·弗東：《楊德昌的電影世界》〔台北：時周文化，2012〕，頁 138）。從楊德昌本人的闡述中，至少沒有看出導演有這樣的初衷或意圖。但是否有可能以詹明信「國族寓言」（national allegory）的理論視角來觀察個體獨立的觀念與國族獨立的觀念之間的寓言化關係，則是另一個可以討論的話題。

一方面也由於草率的人事處理糾結於各種人際關係的紛雜中。另外，片中的小明（王維明飾）不是具備個體獨立意識的角色，但他代表了現代社會尋求經濟獨立的都市人類。小明的哲學是，「安分守己」才能贏得上司賞識，換句話說，小明懂得用犧牲個性的獨立來換取被施予的生存，他以大他者的陰影為立足的根本。而 Birdy 表面看來放浪形骸，卻無法自拔於對市場票房的依賴上，這一點與 Molly 姊姊（陳立美飾）對收視率的依賴是完全一致的。在這裡，大他者隱形於社會大眾，卻起著決定性的作用，而這個大眾顯然意味了一個空洞的概念，是主體自身所建構或虛構的一個他者。琪琪（陳湘琪飾）當然就更無法獨立，事業上她試圖依賴 Molly，情感上她試圖依賴小明，但最終都無法如意，這迫使她尋找更堅實的精神支柱。有意思的是，Molly 姊夫的深奧言說也不能讓琪琪有安身立命的穩定感。換句話說，無論是現實中的愛情／友情，還是觀念化的哲理，都只是空洞的符號他者。而姊夫（作家）離群索居，似乎意在拒絕現代社會他者的侵蝕，實際上內心依舊渴望理解：琪琪的出現像一道光芒，姊夫視之為生命中唯一的希望，彷彿獲得了一個頓悟的主體。有趣的是，那似乎並非愛情，因為姊夫最後放棄了琪琪返身而去，沉浸在自己滔滔不絕的哲理遐想中——也就是說，那個他者（她者）僅是完成其主體性的一個藉口，而非迷戀的對象。

　　《獨立時代》或許是楊德昌電影中最具論理色彩的一部，間接觸及了「仁」的概念，尤其是「仁，親也，從人從二……

仁者兼愛，故從二」（《說文解字》）的儒家要義。在這樣的儒家觀念裡，很明顯，個人的主體性是與他者緊密聯繫在一起的（當然，他者被定位為「愛」的對象）。而如 Larry 對 Molly 說的一段具有教訓意義的話，儘管沒有提到「仁」，也用「情」來強調人際／社會關係的重要，卻充滿了對這個文化傳統的「現代化」理解／曲解：「我們中國人最講究的一個『情』字……錢是投資，情也是投資，比如說，友情，友情就是一種長期投資嘛，就像是績優股啦，像是儲蓄啦；親情，親情就是祖產啦……」頗具諷刺效果的是，Larry 的話語用現代商業體制的概念「投資」、「績優股」、「儲蓄」等來解讀「情」的意涵：這裡，現代資本主義的交換價值原則決定了社會關係，他者原本作為純粹的愛的對象暴露出愛的缺憾和利益的主導，儒家的仁愛理想主義遭到了荒謬的消解。現代性的他者話語被撕裂於儒家的仁愛原則與資本主義的交換價值原則之間。於是，現代性被呈現為一種（儒家）傳統性的重現：儒家信條雖然沒有被明確提及，卻處於被回溯性建構的位置上。從符號大他者的領域中來看，儒家理念純粹而崇高的「仁愛」觀被暴露出資本主義社會追逐利益回報的快感原則。也就是說，作為他者話語的儒家社會法則也不得不顯露出「絕爽」（jouissance）的特徵。而與之相應的是，Larry 所標榜的現代主體便呈現為面臨困境的分裂主體（映射了他者的分裂）：一旦說「情」成為他顯在的「所述主體」（the subject of the statement），「利益」便是他

隱在的「言說主體」（the subject of enunciation）[11]。主體與他
者之間拉岡意義上的「分離」也遍布在楊德昌其他影片裡，主
人公通過自身某種意義的失敗才獲取了其掏空的主體性。《青
梅竹馬》的阿隆以情愛和事業雙重失敗對應了現代商業秩序和
家庭關係（親戚或婚姻）的崩潰；《牯嶺街少年殺人事件》的
小四通過消滅所愛才表達了愛（完成了作為愛人的使命），同
時暴露了現代教育體制宏偉構築的空洞無能；《獨立時代》的
Molly 主動放棄了貌似「獨立」的事業（把公司交回給阿欽），
作為商業和情感秩序匱乏的結果；《恐怖分子》的李立中（李
立群飾）在對主體性的虛假建構（謊稱自己被任命為正式的組
長）失敗之後，以肉身的毀滅應和了社會性深淵（家庭和單位）
的威脅[12]；《麻將》的紅魚（唐從聖飾）在無法完成的復仇中
才獲得了（注定為偏差的）存在價值，而這無疑與他父親（張
國柱飾）所建立的虛偽的現代社會價值體系息息相關；《一一》
的洋洋（張洋洋飾）只有在成人們的現代性話語體系中才發現
自己「老了」，但其實這個過於蒼老的他者世界才承載了太多
的荒謬和虛無。

　　在《麻將》裡，楊德昌藉紅魚之口表達了自我意識的虛妄

11　在〈無意識中文字的動因與佛洛伊德以來的理性〉一文中，拉岡曾舉例說明，如果說「所述主體」
僅僅表達出外在的意義，「言說主體」則暴露出無意識的內在能指。見 Jacques Lacan, *Écrits: The
First Complete Edition in English*, trans. Bruce Fink (New York: W.W. Norton and Company, 2006),
p.556.
12　拉岡曾說：「自殺是唯一成功的行動」（Jacques Lacan, *Télévision: Le Champ freudien*〔Paris:
Seuil, 1974〕, pp.66-67）。Zupančič 認為，這樣的「符號性自殺」是從現實符號域的撤離，「這意
味著在這樣一個行動之後，主體不再與之前相同；只能作為新的主體『再生』」（Alenka Zupančič,
Ethics of the Real: Kant, Lacan〔London: Verso, 2000〕, p.11, 20）。

與主體無意識的進場：「這個世界上沒有一個人知道自己要的是什麼，每個人都在等別人告訴他怎麼做，他就跟著怎麼做。」李秀娟在讀解《麻將》時指出，這個對大他者提出的「你要的是什麼」（che vuoi）的疑問正開啟了大他者主導的欲望機制的罅隙，從而建立起主體新的欲望[13]。在此可以進一步推論的是，這個新的欲望正是主體必要的匱乏，它回應了大他者的欲望匱乏——因為實際上，大他者對主體的疑問並不能給出一個完美的答案，它本身就充滿了矛盾、分裂與深刻的危機。

二、從律法的大他者到絕爽的大他者

父親，當然也是楊德昌電影裡關鍵性的符號他者。如果說在侯孝賢的影片中，父親大都呈現出病態或無能，成為「劃除他者的能指」，即S(A̶)，那麼楊德昌電影中的父親形象作為「劃除他者的能指」還往往體現出「劃除他者的絕爽」，即J(A̶)（jouissance of the [barred] Other）[14]。在楊德昌電影中，這個絕爽的、淫穢的父親並不是律法的父親的對立面，這兩者成為莫比烏斯帶（Möbius band）式的貌似兩面的一體。

最典型的當然是《海灘的一天》中佳森的父親（南俊飾），他代表了人格化的淫穢大他者（the obscene Other）。一方面，他占據了傳統父親的權威位置，操控子女的婚姻大事；另一方

13　李秀娟：〈誰知道自己要的是什麼？——楊德昌電影中的後設「新」台北〉，《中外文學》第 33 卷第 3 期（2004 年 8 月），頁 48。
14　「劃除他者的絕爽」是拉岡在研討班 23 期（《聖兆》〔*Sinthome*〕1975 年 12 月 16 日）上提出的概念，以進一步闡述「他者絕爽」之不可能。

面，他自己與診所的護士發生外遇關係，敗露後用金錢擺平了事。絕爽作為「剩餘快感」（surplus enjoyment）在這裡呈現為性關係的盈餘，暴露了權威大他者中真實的黑暗核心。類似的「淫穢父親」形象也出現在《麻將》裡，紅魚父親所體現的可算作是另一例「劃除他者的絕爽」。他不僅是父親，也是暴發的富商，或者說，他是現代社會符號法則的代表。然而，在影片的結尾處，紅魚父親最終醒悟到了那個現代社會符號法則的無能，與情人雙雙服毒共赴黃泉，也標誌著絕爽大他者的自我劃除。《青梅竹馬》裡阿貞的父親（吳炳南飾）不僅被塑造成貪食好酒的形象，還在酒醉後跟阿隆回憶往昔歲月時津津樂道年少輕狂的放蕩作為。更關鍵的是，阿貞的父親一方面臣服於現代商業社會的符號秩序，另一方面又通過不義的經營方式瓦解了那個秩序，甚至還要求阿隆協助他尋找出路。《獨立時代》裡短暫出現的小明父親（徐明飾），也在時尚而威嚴的外表（責備二姨媽〔金燕玲飾〕時）和不光彩的身分（曾坐過牢）之間顯示出他者形象的雙重性。

《牯嶺街少年殺人事件》中，小四的父親始終不是父之名的稱職代理。篡奪了父之名位置的，主要是現代教育與政治體制；而小四父親，從電影一開始去質疑兒子的考分到後來被拘審問，一直處在體制的下風，不斷受到壓迫和戕害。奪取棒球棒（顯見的陽具符號），代表了威權教育體制的訓導主任（沈永江飾），還有代表了威權國家體制的警備總部主任（余為彥飾），才是那個現代性大他者的代表。只有在多次遭受威權（國

家與教育）體制欺壓之後，小四父親才被「培養」成一個真正代表了絕爽的父親：在那場教訓老二（張翰飾）的戲裡，他無法遏制的痛打和痛罵使自己在暴力的施虐過程中獲得了超常的剩餘快感。這種施虐可以說是對體制化的現代暴力機構（邪惡意義上的自我理想）施虐的模仿，那個威權體制當然是更高意義上的絕爽大他者。而這種對施虐的模仿最終也傳遞到小四身上：父親在毆打老二時反覆不斷地痛斥「沒出息！不要臉！沒出息！不要臉！……」，而小四在用匕首教訓（他自己一定並不認為是刺殺）小明時，也大叫著：「你沒有出息啊你，不要臉，沒有出息啊！」黃毓秀在〈賴皮的國族神話（學）──《牯嶺街少年殺人事件》〉一文中認為，該影片「所要闡發的……便是改革父權，去除父的殘暴跋扈」[15]，而在國家機器面前，甚至小四的父親「基本上也是兒子……時而惶惑、時而反抗的兒子」[16]。反過來，小四也將絕爽的父親作為榜樣，也就間接地模仿了以體制為代表的嚴酷的符號秩序，用更為暴力的方式對秉持自由的肉體予以規訓。無可否認的是，黃毓秀觀察到的父權神話在《牯嶺街少年殺人事件》中有著明顯的表達；不過，我也想指出，《牯嶺街少年殺人事件》並非這個神話的簡單重構，而是以「神話學」的態度對此進行了充分的反思和批判。《牯嶺街少年殺人事件》中小四實施暴力時的絕望言辭與父親實施

15　黃毓秀：〈賴皮的國族神話（學）──《牯嶺街少年殺人事件》〉，見鄭樹森編：《文化批評與華語電影》（台北：麥田，1995），頁280。
16　黃毓秀：〈賴皮的國族神話（學）──《牯嶺街少年殺人事件》〉，見鄭樹森編：《文化批評與華語電影》（台北：麥田，1995），頁282。

暴力時的話語二者的重合標示了某種倒錯主體對他者絕爽的享受，彷彿主體以自身的絕爽替代他者的絕爽。無論如何，在這些例子中，大他者不只體現出現代性能指的律法層面。比如，威權主義的無情與蠻橫，商業主義的貪婪與瘋狂，都是現代性體制的一部分。與霍克海默（Max Horkheimer）和阿多諾（T. W. Adorno）在《啟蒙的辯證》中的觀點——薩德體現了康德式的現代理性原則——相呼應，拉岡揭示了康德式的現代理性包含了薩德式的絕爽核心，一種冷酷的快感，蘊含在迫近真實域的驅力中。

《獨立時代》中 Larry 的「感情投資論」可以說典型地體現了資本主義的理性式絕爽，從冰冷的現代社會律令中獲取隱祕的快感。可以看到，楊德昌在多部電影中以諷刺的方式揭露商業主義法則（Law）對現代社會的統制[17]。這種統制，又往往是通過對某種語言體系的質問或訓導來完成主體化的——也就是使自以為完整的自我陷入現代符號法則的重壓之下。除了《獨立時代》中的 Larry 以感情投資論試圖說服 Molly，把情感放在商品交換原則的基礎上加以論述，視為利益的交換物，在另一部影片《麻將》中，紅魚也幾乎是在實踐《獨立時代》中 Larry「情也是投資」的現代社會原則，他對馬特拉（Virginie

---

17　楊德昌的電影中出現過眾多的商場人物，可以說大都是批判的對象——從《海灘的一天》裡的阿財和小惠，到《青梅竹馬》裡的阿貞父親，《獨立時代》裡的 Larry（阿欽和 Molly 反倒商業氣息不重）及小明父親、小明公司的主任，《麻將》裡的紅魚父親和邱董，一直到《一一》中並未露面的小田（那麼，唯一的例外便是被理想化的日本商人大田了），都或多或少與商業社會中令人不滿甚至令人不齒的作為相關聯。

Ledoyen 飾）的照顧完全是基於將來有可能要利用馬特拉的實利考量。而《麻將》中的 Angela（吳家麗飾）毫無廉恥地標榜「跟我親嘴的男人個個開賓士」，把男女情愛的基礎置於現代生活物質條件的基礎上。當然，商業秩序與商品社會話語只是社會現代性的一部分，而楊德昌所表達的往往更多的是作為符號體系的現代生活本身的機械與壓迫。《恐怖分子》中的李立中每天回家後的強迫性重複洗手可以追溯到的不僅是他的職業習慣，而是現代職業人所必須遵循的被大他者所規整的行為方式，或者說，是一種被現代社會中的專業語言所規範的肢體書寫。而《一一》中洋洋的媽媽（敏敏，金燕玲飾）也沉陷和迷失在語言的絕望網絡中。她努力陪昏迷的婆婆（唐如韞飾）說話，卻悲傷地發現「我怎麼跟媽講的事情都是一樣的？我一連跟她講了幾天，每天講得一模一樣，早上做什麼事，下午做什麼事，晚上做什麼事，幾分鐘就講完了……我覺得我好像白活了」，醒悟到現代生活的盲目與無聊。然而，這種無聊卻恰恰是全家人試圖通過「說」來掩蓋的（儘管這種努力對大多數家庭成員都極具挑戰性）：似乎只有語言才能將生活組織成有意義的符號網絡。這種「說」，雖然初衷是心靈的交流，卻不料往往成為對大他者話語的挪用（後來，按照 NJ〔吳念真飾〕的建議，乾脆讓護理員念報紙來代替[18]）。而這個符號域，作為父法的秩序，在楊德昌另外的電影中更無情地展示為暴力化的

18　當 NJ 自己跟婆婆說話時，他自己也懷疑是否可以說出真心話，或者從根本上說，是否真的有所謂「自己」的「真心」話，而不是他者的話語。

國家機器。《恐怖分子》的一開場就有警車的呼嘯聲，打破了夜的寧靜，彷彿是對那個原始的想像空間的強行侵入[19]。當然，《牯嶺街少年殺人事件》中的警備總部就顯示出現代國家機器更為嚴酷的面貌。

《牯嶺街少年殺人事件》中的壓迫性體制更多地呈現在教育的訓導體制上。教導主任的跋扈，國文教師（閻鴻亞飾）的蠻橫，教官（胡翔評飾）的權威，全校大會上的嚴厲訓話，整個學校蕭穆的官僚氣氛，無不以語言秩序的方式暴露出現代性符號域的嚴苛面貌。而在這表面的冰冷理性底下，又不無體制的大他者的施虐式猙獰快感。《一一》則延續了《牯嶺街少年殺人事件》對學校體制的批判，揭示了童心洋溢的洋洋與迂腐無知的現代教育體制及其威權話語之間的矛盾。洋洋對想像域的營造不是經由與自然景色的遭遇，而是經由他捕捉的某種能夠投射自我的空間——洋洋打算拍攝到有蚊子的空間，但並不是以消滅蚊子為目的——從中發現某種感應。但洋洋擁有的完整世界遭到了教導主任（劉亮佐飾）的無情嘲笑：「什麼玩意兒？拍一大堆這是什麼東西啊？」而年長同學則已經認同了社會的商業原則：「不賺錢拍那麼多幹嘛？」主任命令洋洋轉過身去，面壁思過。這樣就出現了類似《一一》影碟封面的場景。不過，這幅圖片所遵循的形式是洋洋拍的一大批別人的後腦勺或後背的照片，按照洋洋的說法，是給他們看他們自

19　蔡明亮《洞》也以救護車的呼嘯聲承襲了這樣的開頭，凸顯了蔡明亮對於那種不明所以、不知所終的威脅的敏感。

已看不到的背面。而洋洋的這些照片令人自然想起馬格利特（René Magritte）的著名畫作《被禁的複製》（*La Reproduction interdite*, 1937）。

我們可以通過馬格利特的畫來理解洋洋的後背，以及洋洋所拍攝的那些後背。後背的形象，正如《被禁的複製》這個畫題所提示的，可以說是一種鏡像的不可能[20]。洋洋所揭示的，正是老師所代表的符號秩序對完整鏡像的拒絕和禁止。教育體制的律令迫使洋洋轉過身去，迫使他成為鏡像中的背影，即，一個不可能的自我鏡像。也就是說，洋洋的想像域遭到嘲笑和禁止，他被勒令進入符號域——教導主任在教訓洋洋時手裡握著的木棍或竹棍難道不是顯著的陽具符號嗎[21]？不過，在影片中，大他者也暴露出了陽具符號被去勢的狀態，也就是說，教導主任作為符號域的現代教育體制權威代表也無法占據話語體系的絕對主導地位，學生們在言談中可以無情地嘲弄他和「小老婆」之間的曖昧關係。他在被學生潑水之後甚至口噴汙言穢語，暴露出大他者莊嚴外表下的不堪面目，原本隱藏在冷酷理性面貌

20　在《被禁的複製》這幅畫中擺了一本法文版的愛倫·坡小說《楠塔基特的亞瑟·戈登·皮姆的自述》（*The Narrative of Arthur Gordon Pym of Nantucket*），一部暗含了對想像域與符號域雙重質疑的作品。一方面，小說的自傳性敘述如同《被禁的複製》一樣意味著鏡像對應的錯位，比如愛倫·坡本人的生日——1月19日——錯位地對應了小說主人公皮姆抵達 Tsalal 島的日期，第一章裡皮姆的船名 Ariel 錯位地對應了愛倫·坡的演員母親 Eliza Poe 曾扮演過的角色名，等等（見 Kenneth Silverman, *Edgar A. Poe: Mournful and Never-ending Remembrance*〔New York: Harper Perennial, 1991〕, p.135, 474）；另一方面，小說的語言充滿了疏漏和不可解的元素，暗示了符號域的不可靠與內在瓦解。

21　類似的道具也出現在《牯嶺街少年殺人事件》中：小四拿同學的棒球棒想要打滑頭，結果球棒被教導主任沒收。這個場景也可以看作是父法通過剝奪孩子對陽具的想像，確立了父之名對陽具的符號性占有。不過，楊德昌的電影也呈現了拉岡所說的陽具與去勢的辯證關係。在《牯嶺街少年殺人事件》中，訓導處的燈泡仍然可以被棒球棒擊碎。

之下的淫穢與暴力暴露無遺。儘管如此，大他者依然在其現代符號體制的層面上顯示出圖騰般的陽具權威，代表了占據規整性地位的符號秩序，迫使想像域的自我遭遇失敗。在影片結束的時候，洋洋頗具深意地表白道：「我看到那個還沒有名字的小表弟……我很想跟他說，我覺得我也老了」。「老了」，在這裡指明的無非是一種成熟，一種嬰兒時代的想像域的破滅。這段話精妙地表達了洋洋在面對一個符號化（語言化）之前的存在的時候，意識到了他自己已經失去了想像域的純粹，而與前符號化（「還沒有名字」）時期的弟弟成為兩「代」人。

鏡像的**翻轉**也意味著，人只能成為自認的意識「自我」（ego）的反面，成為自己所相信絕不可能是的那種無意識「主體」（subject）。這個主體當然是由他者的話語所塑造的，但這個他者往往在不知不覺中變異為小它物。在楊德昌的電影中，人物命運也往往在於小它物的關係中處於幻想（及其破滅）的狀態。《恐怖分子》中的李立中白日夢般地聲稱「主任選了我，現在我已經是正式的組長了」，意味著他儘管堅持將幻想認定為現實，但卻逃脫不了他所拒絕的那個主體身分。《牯嶺街少年殺人事件》中的小馬（譚志剛飾）諄諄告誡小四說：「為了女孩惹這種麻煩是最土的」，還舉例 Honey（林鴻銘飾）的悲劇來警告小四，可以說他對自我的控制能力似乎具有絕對自信。可是到影片的最後，小馬卻正是為了女孩惹上了麻煩，他因為泡小明（楊靜怡飾）而差點葬身在小四的刀下。同樣，《獨立時代》裡的 Larry 一再勸戒阿欽，「愈是生氣，愈要陪笑臉」，

似乎自己就是這個能夠以理性意識自控的模範。但話音剛落，他就徹底失態，操著道具刀追打那個他懷疑跟自己的情人有染的 Birdy。《麻將》裡的紅魚也與此十分相似。紅魚十分崇尚父親教導他的「不動感情」的哲學，跟父親表白說：「你不是還說過，騙人最大的要領就是不能動感情，我跟你都這麼不要臉，就是因為我們從來不動感情麼，我照你說的去做了，我從來沒有失敗過哎」。紅魚自己卻難掩對父親的情感，安排「小活佛」（王啟讚飾）製造偽預言來報復曾經讓父親破敗的香港女人 Angela；而在邱老闆（顧寶明飾）告訴他此 Angela 根本不是害了他父親的彼 Angela 時，甚至情緒衝動到連開數槍打死了邱老闆。紅魚父子的工具理性原則，作為現代性主體的基本法則，不僅無法遏制身體絕爽的空洞誘惑，有時甚至無法避免真實域的毀滅性吞噬。在《一一》中，胖子（張育邦飾）最後成為情殺案裡的殺人犯；但是他之前在談起電影經驗補充了生活經驗的時候，曾經輕鬆地說過「我們沒有人殺過人，可是我們都知道殺人是怎麼一回事」，彷彿自我是能夠遠離殘暴的理性自我，完全沒有料到自己會變成一個在生活中殺人的實踐者。在從想像域進入符號域之後，虛幻的完整自我變異為分裂的主體，在陳述的主體和被陳述的主體之間無法同一，在能指（語言）的主體和所指（意旨）的主體之間產生錯裂或背離，甚至在符號化的主體與深淵般的真實主體之間發生斷裂。

當然，從拉岡理論的角度來看，自足的主體並不存在，所謂的主體欲望無非是他者的欲望。更極端的情形是，主體必須

按照大他者的律令行事，或者成為大他者所期待的人。依照拉岡早期的理論，律法的大他者具有整飭性的社會功能，是符號秩序的保障。而在楊德昌的視野裡，現代性的律法大他者本身就體現出（拉岡中後期更為關注和強調的）絕爽大他者 [J(Ⱥ)] 的特徵，二者甚至是難以區分的。在中後期的拉岡思想中，「幻想」是關鍵詞之一：「幻想」體現了楊德昌電影中的現代性意識形態，它提供給真實域一個窗戶，賦予創傷性的絕爽一種符號化的意義。如果說主體的欲望體現了他者的欲望，那麼主體對他者的認同也是對符號化絕爽的認同（比如就《牯嶺街少年殺人事件》中小四行刺的行動而言，小四表面上認同的是父親對「出息」和「要臉」等符號能指的期待，而實際上則重複了其對暴虐快感的實施）。而「穿越幻想」（traversing the fantasy）則意味著「打破意識形態幻夢的力量，直面我們欲望的真實」[22]。這正是楊德昌不斷努力的方向。

在《牯嶺街少年殺人事件》中，小四的父親從溫柔敦厚變得暴躁、妄想，小四從乖學生變為殺人犯，可以說都是現代社會大他者所培養的。《恐怖分子》中的李立中從典型的現代職業人變為殺人犯，《獨立時代》中的小明從兢兢業業到身體出軌，無不受到這個現代符號秩序的操控。《牯嶺街少年殺人事件》中符號秩序對主體的建構也體現在幫派／個人暴力與國家暴力的同構：穿軍裝的教官，靶場、坦克、軍車的背景，酷似

22　Slavoj Žižek, *The Sublime Object of Ideology* (London: Verso, 1989), p. 48.

軍裝的校服，這些都標明了一個軍事化時代的顯著符號。從這個意義上說，Honey 的海軍服，小貓王（王啟讚飾）的匕首（惡狠狠的復仇欲望），小馬愛玩的獵槍，小四學西部片的開槍動作，也無不留有這個軍事化時代的符號印跡。他們的成長，是依賴於這樣的現代社會化歷程。但可以看出的是，儘管主體將大他者視為自我理想加以認同，卻並沒有滿足大他者的真正欲望，二者總是處於某種交錯的狀態。

現代性的符號秩序無論以何種理性或嚴正的面貌出現，都難以掩蓋其內在的絕爽維度——暴虐、淫穢、狂亂……可以說，律法的大他者與絕爽的大他者無非是現代性主導能指的一體兩面。楊德昌的影片不僅探究了作為律法的大他者對主體的構建，並且揭示了律法或法則是如何具有剩餘快感的淫穢與暴力特性的。換句話說，社會現代性（無論是商業體系還是威權社會或教育體制）也並不只是一套符號化的理性規畫，而其引發的切膚之痛感與快感更值得我們從楊德昌的電影中去細察。

三、從大他者到小它物

應該說，楊德昌電影的魅力既在於展示了主體如何產生於大他者符號能指的縫合構成，更在於揭示出這個現代性符號域的不完整，這種符號認同所充滿的裂縫破綻，特別是從中滲漏出來的「小它物」（objet petit *a*）。拉岡認為「小它物的功能

象徵著欲望的核心空缺」[23]，它是無法符號化的真實域殘餘，是欲望亟需填補的短缺，因而是欲望的對象—原因。拉岡的幻想公式 $S <> a$ 由此指明了分裂主體與小它物的依存關係。比如，作為空缺的小它物在《恐怖分子》中體現為李立中覬覦的那個職位空缺，這是李立中主體分裂的直接原因。在拉岡所列舉的四種最典型的小它物之中，凝視和聲音占據了重要地位[24]。凝視和聲音往往也是楊德昌電影裡起著關鍵作用的因素。儘管拉岡對此的論述並不受限於具體實際的凝視和聲音，在楊德昌的影片裡，我們的確不時遭遇到作為小它物的，直接可感的凝視和聲音。比如《恐怖分子》中淑安（王安飾）的惡作劇電話聲音常常是令人起疑的，甚至令人受驚的，但又充滿著具有召喚力的不確定和神祕感。即使從表面情節上看，淑安就是從現代社會符號秩序中脫漏出來的（從警察的追捕中逃脫），也正是她的電話（作為小它物的曖昧聲音）引起了女作家周郁芬（繆騫人飾）的疑心、好奇心和創作激情，但最終也導致了致命的後果。類似的電話聲音出現在《獨立時代》中，也就是坐在車上的阿欽在電話裡聽到的小鳳的聲音：輕柔，神祕，引人遐思，使阿欽幾乎不能自持。《牯嶺街少年殺人事件》臨近結局時，小明隔街叫喊小四的聲音是完成小四主體分裂的一擊，小四面對誘惑性的聲音，卻在拒絕和接受之間掙扎，最後只能以刺殺

23　Jacques Lacan, *The Four Fundamental Concepts of Psycho-Analysis* (New York: Norton, 1978), p.105.

24　Jacques Lacan, *The Four Fundamental Concepts of Psycho-Analysis* (New York: Norton, 1978), p.242.

小明達成溢出的欲望。這些作為小它物的誘惑性聲音都帶有紀傑克在論述拉岡聲音概念時所謂的「聲音的幽靈般維度」[25]，當然迥異於比如侯孝賢《悲情城市》中天皇、陳儀、國文老師等代表了大他者的聲音，後者代表了權威的、壓抑的體制語言。

　　而作為小它物的凝視——人物從銀幕上對觀眾或主人公主體的凝視——出現在《恐怖分子》中：攝影師小強（馬邵君飾）張貼在他暗室裡的，是一張他攝下的淑安跳下樓之後回眸一瞥的鏡頭。這一凝視，與侯孝賢《童年往事》結尾處收屍人的瞪眼相比，也可以看出兩種截然不同的文化心理功能。收屍人的瞪眼代表了社會倫理大他者的規訓，將阿孝推入符號域的領域中；淑安的凝視則意味著小它物的「閃爍」（有如拉岡所謂的「光點」[26]），是符號域所未能規範的那一部分真實域泄露出不馴的面目。對於迷戀這個鏡頭的小強來說，淑安回頭凝視的此一瞬間是具有強烈誘惑力和迷惑力的。不過，我們必須發現的是，淑安凝視的對象其實並不是小強，她注視的是正被警察抓捕的男友大順（游安順飾）。這似乎印證了紀傑克常引用的拉岡的格言，「真理來自誤認」[27]，小它物本來就是虛空的他者，

25　Slavoj Žižek, "The One Measure of True Love Is: You Can Insult the Other", *Spiked*, 15 November 2001 (Interview by Sabine Reul and Thomas Deichman). Available online at: www.lacan.com/zizek-measure.htm.

26　在闡述「小它物」概念時，拉岡曾經回憶起他年輕時候的一段往事：拉岡曾與一家漁民坐小船從布列塔尼港口出海，在陽光照耀的海面上，有一隻漂浮的沙丁魚罐頭在閃爍。這時，一個叫 Petit-Jean 的人對他說：你看見那罐頭嗎？可它看不見你！這引起了拉岡的深思，但拉岡感覺到的是那個「光點」在被望見的時候也在回望並「凝視」著自己。見 Jacques Lacan, *The Four Fundamental Concepts of Psycho-Analysis* (London: The Hogarth Press, 1977), p.95.

27　Slavoj Žižek, *The Sublime Object of Ideology* (London: Verso, 1989), p.57.

是主體移情的對象。非但如此，拼貼而成的大幅淑安照片最後被風吹起，吹成一片片零散的無數小張，使完整的凝視圖像無法「凝」固，而渙散成一組碎片。

這幅凝視渙散的圖景還出現在《恐怖分子》中的得獎作家周郁芬在電視（作為一種符號化的現代語言體制）上亮相的場景。周郁芬在演播室面對鏡頭的注視，對觀眾而言是被誤認的凝視，但同樣隨後被即刻揭露為渙散的，可無限增殖的：電視機的單一螢幕擴充為十幾台同樣的螢幕拼合在一起。可以說，楊德昌不僅召喚出現代性底下小它物的幽靈，並且將小它物又放回到非神祕化的現代性背景上，凸顯出現代與後現代之間永無止息的張力[28]。

可以說，楊德昌電影中充滿了從符號域中滲漏出來的各種小它物，它們構成了主體幻想的源泉，同時也注定了主體的分裂狀態。在《海灘的一天》裡，那個散落在海灘上的藥瓶便是典型的小它物：它出乎意料地出現在海灘上，與德偉（毛學維飾）的「正常」生活相悖，或者說，這個與疾病（甚至死亡）相關聯的藥瓶，是德偉作為現代職業人所屬的符號秩序（正常的、規則化的商場活動與日常生活）試圖掩蓋而最終疏漏的真實域殘渣。不過，與其說這個藥瓶是佳莉作為分裂主體的動因，不如說藥瓶所代表的秩序中的汙漬本來就是佳莉在當代生活中

28　我的論述也從另一個角度回應了詹明信對於《恐怖分子》這部影片中「現代與後現代，主體性與文本性──互相中和，互相支撐」（Fredric Jameson, "Remapping Taipei," in his *The Geopolitical Aesthetic: Cinema and Space in the World System*〔Bloomington: Indiana UP, 1992〕, p.151）的結論。

種種難以言說的精神溝壑的一個代表性起源。德偉的一切神祕都像這個藥瓶一樣不可蠡測，包括他與小惠（顏鳳嬌飾）的關係（以那兩封裝錯信封的信為標誌），他工作時間內外無法知曉的作為（以及行蹤，比如去日本的行程），以至於最後的失蹤，無不是作為空缺的小它物，深深困惑著影片的女主人公佳莉。不過，我們必須從德偉的職業與生活背景上去了解藥或病是如何成為那個現代性符號秩序中的真實域汙點的。

現代性的大他者，一直是楊德昌電影最關注的主題。這也是為什麼當代的、都市化的台北成為楊德昌大部分影片的空間背景。作為都市空間最重要的部分，高樓大廈內外的種種景觀，也是楊德昌電影中常常顯現的影像能指與言語能指。米榭爾‧弗東曾發現「《恐怖分子》……中反覆出現正方形或三角形的形狀或構圖」[29]，並試圖將其歸結為「立體派」的藝術風格。如果要談立體派，如此標準的幾何圖形和畢卡索（Pablo Picasso）的立體派繪畫關係甚遠，但與另一位立體派畫家雷捷（Fernand Léger）的作品或有隱祕連接，比如雷捷的《動畫風景》（*Paysage animé*, 1924）。雷捷本人也是一位電影導演，他的抽象電影代表作《機械芭蕾》（*Ballet mecanique*, 1924）就從頭到尾拼貼了現代生活中各種具有幾何圖形的畫面。與雷捷對幾何圖形的興趣相似（但不同於雷捷影片中對動感的強調），楊德昌用幾何圖形的構圖凸顯了現代文明符號秩序的規整化視覺效果。城市

29　尚‧米榭爾‧弗東：《楊德昌的電影世界》（台北：時周文化，2012），頁100。

文明外觀的規則化暗示了現代性有關整一性的基本理念，這顯然是楊德昌現代性批判規畫的一部分（相對而言，雷捷的作品對現代文明和都市景觀的態度較為中性，並沒有呈現出明顯的批判意味）。

《恐怖分子》中，楊德昌用六個鏡頭拼接辦公大樓的窗戶視景。可以看出，身穿同樣整一化制服（白大褂）的人員在格子（或籠子）般的辦公空間裡，由於大片牆面的反襯顯得尤其渺小和壓抑。甚至辦公空間內部的物件也顯示出規則化的樣式，比如這個場景裡左下方的兩把椅子，擺放成一前一後的列隊隊形，這和窗戶本身的單調化與規則化，又應和了現代生活的單調化與規則化：李立中每次回家都要先進到衛生間，在昏黃的燈光下認真地洗手。周郁芬在小沈（金士傑飾）的辦公室裡時，背景是方格形的櫃子，取景同樣強調對稱與規則的效果。不過，這些櫃子完全是空的，指明了符號秩序實際上的空虛狀態。在另一個辦公大樓玻璃幕牆（窗外有工人在清洗玻璃）的鏡頭裡，幕牆閃閃發亮，代表了大都會亮麗的文明，但棋盤式方格更是單調到極點。必須注意的是，在幕牆上清洗的工人和吊車暗示出符號秩序內在的危險性：現代性的符號能指必然也是自我劃除的能指。而在《青梅竹馬》裡，阿貞（蔡琴飾）辦公室和小柯（柯一正飾）辦公室都有百葉簾，似乎必須通過規則化的線條切割，我們才能看到房間裡的人物（有一種百葉簾的柵欄式條紋困住的囚禁感）。而當《青梅竹馬》片尾演職員表升起的時候，阿貞注視的對面大樓則暴露出原先規則

化的幾何圖形變異為扭曲的反射圖像，成為對都市符號秩序的視覺化解構。這種現代文明中規則幾何圖形的統治，在安東尼奧尼（Michelangelo Antonioni）的電影《紅色沙漠》（*Il deserto rosso*, 1964）中曾有過充分的表達：烏果工廠的控制室有各種形狀規則的錶盤，家裡窗戶的形狀是十分特異狹長的純長方形，而人物也往往被置於規整網狀欄框的後面，暗示出某種困獸感。

詹明信在他評論楊德昌《恐怖分子》的著名文章〈重新圖繪台北〉中認為，楊德昌代表了台灣新電影對後現代社會的關注，而差不多同時崛起的大陸第五代導演的電影創作則總是把目光放在廣袤的原野或偏遠的山村。不過第五代當年興起時有一部黃建新導演的影響相當巨大的影片《黑炮事件》（1986），卻和張藝謀、陳凱歌的早期作品大異其趣。《黑炮事件》將背景放在現代城市裡的大型重工業工廠廠區（而不是山村或鄉野），飽含深具政治諷刺意味的黑色幽默，其中對於對稱、規則等視覺影像的鋪展與楊德昌的同時期作品有相當的可比性（如果說楊德昌致力於當代商業社會文明體制規範的批判，黃建新則偏重於當代政治文化體制規範的批判）。有一幕德國專家漢斯和旅遊翻譯馮良才並排坐在一架橙紅色機械裝置上的鏡頭，採用了完全對稱的構圖，暗示了兩者之間的天平般對決。特別是會議室牆上的碩大時鐘和座位的整齊序列，加上千篇一律的白色衣著，也暗示了主流官方文化鐵律般的規範。荒誕的是，這樣一套規整的、法則化的體系，卻完全無法釐清事實真相（錯把象棋子黑炮懷疑成武器），正如在楊德昌的《青梅竹

馬》中，一切似乎策畫完好的結婚、赴美、經商⋯⋯所謂「正常」的現代都市人生活模式都遭遇到失敗。

在同時期的日本電影中，森田芳光導演的《家族遊戲》（1983）也有相當可觀的城市視野可與楊德昌電影做比較，比如類似《青梅竹馬》中小柯看到的那種規則化風格的建築。而最為顯著的是《家族遊戲》也在城市的空間背景上出現了與楊德昌《恐怖分子》裡反覆出現的那個大台北瓦斯球在視覺意象上極為類似的碩大球形物體（可以推斷為諸如油罐類的工業設備）。《恐怖分子》的大台北瓦斯球用城市視景中的壓迫性物件同時暗示了現代生活中的危險和不測，而《家族遊戲》中同樣反覆出現的那些龐大的球形物體也同樣具有怪異、突兀的效果。當然，這個巨大球體的視覺原型，還可以追溯到安東尼奧尼同樣呈現現代工業化文明壓迫的《紅色沙漠》，其中有一個過渡鏡頭展示出辦公室長方形玻璃窗外兩顆巨大的工業球體。

《家族遊戲》全劇的高潮是全家人（包括居中的家庭教師）排列整齊地擠在一條長桌上用餐的怪誕場面：最後餐會演變成混亂的狂歡與鬥毆。這個刻意對稱的畫面也因其規整表面之下的潛在危機，與楊德昌電影（以及《黑炮事件》）有了隱祕的連接。而不斷出現的五人並排齊坐在那張長餐桌上，或是母子分別坐在長餐桌的兩端，其規則幾何圖形和楊德昌電影中視覺圖像的旨趣更是不謀而合。

《青梅竹馬》的開頭，阿隆和阿貞背對著鏡頭，剪影般地站在一扇極為規則化的幾乎對稱的落地玻璃窗前，窗外的陽台

欄杆也十分規則化，不遠處還有另一幢帶有雷同窗戶樣式的大樓[30]。這個暗示著阿隆和阿貞將始終面對現代性符號秩序的鏡頭與安東尼奧尼的《夜》（*La Notte*, 1961）中喬萬尼和麗迪亞走向落地窗的背影的段落極為相似[31]。當然，在《夜》中，喬萬尼和麗迪亞之間的感情危機，與《青梅竹馬》中阿隆和阿貞的感情危機也幾乎是相應的。在《獨立時代》接近結束的部分，我們可以再次看到類似的處理：阿欽和 Molly 剪影式的身影在凌晨寬敞的大樓窗戶前，二人之間的感情危機終於導致了分手的談判。

楊德昌電影裡空房間的場景最早出現在《海灘的一天》裡，也就是阿財（徐明飾）帶著女友欣欣（李烈飾），還有德偉和佳莉，一起去他父親給他的房子。房子的構築原本應當具有穩定的符號秩序功能，是恆定家庭結構的物質化外殼。不過，阿財的空房子卻充滿了不穩定性，按阿財的說法，他老爸隨時都有可能收回這所房子抵押給別人。果然，在這個房子裡互相挑逗的一對情人阿財和欣欣最後並沒有結合，也就是說，這間房子沒有滿足對「成家」的社會化秩序的期待。在《青梅竹馬》裡，楊德昌則是安置了更多的空房間（共有四處）。從影片一開始，阿隆和阿貞就在一個空房間裡，阿貞通過憧憬裝潢後的現代化家居布置來嚮往未來和阿隆在一起的家庭生活，阿隆卻仍然想

30　楊德昌還藉片中的建築設計師小柯抱怨道：「你看這些房子……我愈來愈分不出它們了。是我設計的，不是我設計的，看起來都一樣。有我，沒我，好像愈來愈不重要了。」
31　楊德昌一向被認為深受安東尼奧尼的影響，儘管他本人並不認可安東尼奧尼是他最鍾情的歐洲電影導演。

著過去的棒球（但在一個如此狹小的空間裡做出虛擬的擊球動作[32]，顯然具有強烈的諷刺意味）。在片頭職員表結束時，空房間的場景已經剪接到布置好家具的房間了，不過直到影片結束，這個房間也沒有成為阿隆和阿貞的新婚房。第二次出現的空房間，是阿貞的妹妹阿玲（林秀玲飾）與朋友群居的空大樓，門上還貼著「空屋危險」的警告。之後阿貞又來這裡找阿玲時，結識了追慕她的那個最後刺殺了阿隆的男孩（孫鵬飾）。第三次出現是阿隆父親早年在陽明山置業的空房間（當然也令人想起《海灘的一天》裡那個父親給予的房子），阿隆和他過去的棒球隊友（楊書堯飾）一邊玩棒球一邊討論賣房（換現金）的事情，最後隊友失手打破了玻璃窗。第四次出現的，是電影結尾時梅小姐（陳淑芳飾）帶阿貞去看的未來辦公室空間，梅小姐對未來辦公室布置的憧憬模式跟影片開始阿貞的憧憬模式幾乎是一樣的，但這時，阿貞已經不再有之前那樣單純的熱情了。在第一例中，作為符號秩序象徵的空房子預示著未來符號化（進入婚姻）的失敗，那麼第四例雖然並無實際的結局，但阿貞的表情和對梅小姐的冷漠反應有如在第一例中阿隆的表情和對她的冷漠反應，也預示著不容樂觀的未來。第三例與第四例的相關性在於這兩個空房間都以各自的方式納入了現代商業的符號體系內：梅小姐是要裝潢一個跨國公司的辦公室，而阿隆則打算出售空房，再把所得的錢轉為其他的投資或移民用途。阿隆

32　虛擬的擊球動作，也有安東尼奧尼《春光乍泄》（*Blow Up*）的影子——在那部電影的結尾處，一場沒有球的虛擬網球賽進行得好像是真的一樣：擊球、撿球都似乎是「無實物練習」。

的努力顯然也遭受了失敗的結局，即使他還活著，原來對姊夫能夠在事業上助一臂之力的奢望已經破滅，去美國發展的念頭也由此打消了。在第二例中，這個空房間是明確作為危險的空屋呈現的，卻成為青年人臨時群居的處所。我們甚至可以推測，阿玲未婚先孕，必須找醫生墮胎，正是因為在這裡群居的後果。在這幾個段落裡，作為建築的房屋都代表了秩序化功能的喪失（或危機），映襯了楊德昌對於社會符號域內在崩潰的觀察，揭示出符號秩序作為現代性大他者的空缺（lack）能指。

空房間的空，自然也揭示出符號域作為現代性大他者的空虛核心：它真的可以被填滿嗎？它的吸引力引向了什麼樣的後果？空房間被投射了各種欲望，但這些欲望無一能夠獲得滿足。顯然，空房間也承載了小它物的功能：作為欲望的淵藪，它不可能完成符號化的使命，而是暴露為 S(A)（被劃除他者的能指）。也就是說，符號能指作為被劃除的大他者，在楊德昌的電影裡每每以小它物的形態呈現為欲望的推動力。《青梅竹馬》中的建築設計師小柯感嘆道：「測量的時候就差這麼幾公分」，一棟本來建立在規整秩序基礎上的建築就會面臨險情，「不管你多仔細，多會計算，一點點的偏差，都可能造成致命的錯誤。」於是，「反諷」成為楊德昌電影美學的關鍵詞之一：符號能指往往成為符號域的不可能而出現，甚至，大他者變異為小它物。這在《青梅竹馬》這部影片的片名中也已經凸顯出來了：「青梅竹馬」一詞本來意指的是從兩小無猜發展出來的純潔情感，但在影片裡從小一起長大的阿隆和阿貞之間，如今

卻早已失去了這樣的純真。

　　當然，楊德昌影像表現的主要關注，往往關乎於現代文明，包括都市文明、社會秩序、政治體系的符號失能。在《青梅竹馬》中，有一個片段是都市青年騎摩托車在台北夜晚的繁華路段飆車繞行。與這個段落極為相似的，是費里尼（Federico Fellini）的《羅馬風情畫》（*Fellini's Roma*, 1972）結尾的段落：同樣的一隊飆車族在夜晚穿行於眾多羅馬的地標性景點，一直到影片最後的幾秒鐘，摩托車還在飛馳，但聲音已經消失……接著銀幕漸黑，似乎一切繁華都消失於黑暗與虛空[33]。《青梅竹馬》中的飆車路線也以名勝古蹟——比如總統府前的景福門——為背景，但更強調的是霓虹燈展示出的「三民主義萬歲」、「中華民國萬歲」等政治標語，而這些標語與飛馳的摩托車形成了強烈反差：飆車的青年以藐視規則的姿態對威權政治體制的符號秩序進行了暗中的消解。但以青年亞文化為標誌的現代都市生活能夠取代政治或文化權威成為另一種新的符號秩序嗎？這顯然不是楊德昌的結論。在隨後的那場迪廳勁舞的段落中，阿貞與男性友人的對話聲淹沒在音樂里，似乎也意味著語言的失能；而舞廳遭遇意外的斷電，也意味著亞文化形態也無法徹底倚賴現代社會建構，因為後者本身就有其內在的不測。

　　在《青梅竹馬》中，所有符號化的努力——無論是納入

33　《羅馬風情畫》中還有一個著名段落也表達了文明本身的脆弱以及現代文明對古代文明的摧毀：地下鐵道工程人員在地下發現了輝煌的史前壁畫，但外頭的風一吹來，牆上的藝術即刻消失無蹤。

理想化的生活秩序還是步入規範化的社會秩序——都是不成功的。正如阿隆在片中所言:「結婚又不是萬靈丹,你知道的……不要想美國了,美國也不是萬靈丹,跟結婚一樣。只是短暫的希望,讓你以為一切可以重新開始的一種幻覺。」美國,這個代表了作為文化大他者的全球化現代性建構重要核心的主導能指,在電影中未能成功整合阿隆和阿貞的生活:阿隆無法適應姊姊、姊夫那種美國式不講人情的現代商業法則,放棄了移民美國的計畫。他本人出於同情借錢給經商不利而敗落的阿貞父親,就是恪守了傳統的人情法則,最後卻落得被阿貞嗔罵的結果。阿隆自稱是在台北西區的傳統老街迪化街開布店的,拒絕被界定為更具現代化經濟體制特徵的「紡織業」。阿隆是分裂於傳統文化自我與現代文化他者之間的典型主體。

在楊德昌電影中,西方文化他者一方面常常呈現為社會文化秩序中的主導能指,另一方面也往往意味著某種並無功能性效應的「虛位」他者。《牯嶺街少年殺人事件》雖然在楊德昌一生拍攝的七部長片中從空間背景上而言最缺乏台北的現代都市風貌,但卻充斥了最多的西方(特別是美國)文化符碼:小貓王、二條(王柏森飾)等人對美國流行歌曲的迷戀與翻唱,小四大姊(王玥飾)按照《國際電影》雜誌上的明星圖片所設計的衣裙(還有對老美早上洗澡的模仿),汪狗(徐明飾)說起美國摩天大樓和原子彈時極度崇拜的口吻,收音機裡對美國大選的時政分析,艾森豪訪台時送給小馬父親馬司令的錄音機,小四、小馬、小翠(唐曉翠飾)去影院看的西部片《赤膽

屠龍》（*Rio Bravo*）以及小四在醫務室裡對約翰‧韋恩（John Wayne）式的牛仔開槍的動作模仿，甚至黑道老大所取用的英文名字 Honey，以及學生們在日常用語中時常夾帶的英文詞語「打 kiss，泡 miss」等，無不反映出那個時代的美國文化氛圍[34]。美國文化的強勢他者，在相當程度上對 1949 年後台灣社會文化符號秩序的建構起了關鍵作用，但它自身並不見得是可以完全、徹底倚賴的文化權威。比如，小公園幫在中山堂開演唱會，大唱美國流行歌曲，但演唱會的儀式必須先經過齊唱《中華民國國歌》來定調。甚至大姊偷學好萊塢影星的時裝款式，也遭到了小妹（賴梵耘飾）的調侃。Honey 最終的落難，從某種意義上也代表了這個英文名字（Honey 意謂「蜜」）所蘊含的柔性特質所導致的後果。

　　楊德昌後期的四部電影裡都有用洋名的華人（台灣人）[35]。除了《牯嶺街少年殺人事件》的 Honey 之外，還有《獨立時代》的 Molly、小 Bir（Birdy，王也民飾）和 Larry，《麻將》的 Alison、Angela、Jay（趙德飾）和 David（Andrew Tsao 飾），《一一》的 NJ（其實應該就是中文名簡南俊的英文拼法 Nan-Jun 或者 Nanjun Jian 的首字母縮寫）和 Sherry（阿瑞，柯素雲飾）等。西方式的命名本來標誌著強勢的現代文化他者的主導，但有意思的是，這些人物實際上卻都不足以代表文化大他

34　《國際電影》雜誌和電影《赤膽屠龍》等，在楊德昌的隨筆式回憶文章〈顏色藥水和一樣藥〉中都有提及，可以說屬於他真實的童年記憶。見王耿瑜編：《楊德昌電影筆記》（台北：時報文化，1991），頁 163-169。

35　我們當然知道，楊德昌本人也有 Edward 的英文名。

者的決斷性力量，反而往往在情感、生活、事業上遭受失敗或打擊，甚至可以說無一不是面臨各類危機的失能者，分裂在兩種文化主體性之間。《麻將》裡還出現了眾多西方人，但不管是 Marcus（Nick Erickson 飾）還是 Marthe 還是 Ginger（Diana Dupuis 飾），都既帶有西方文化的明顯痕跡，但又是西方社會的邊緣人（也因此才會漂到台灣），也都被迫錯裂於西方與東方的文化場域間。這些人物也無法承載西方現代文化他者的符號委任，相反卻暴露出符號他者本身的空洞與匱乏。倒是法國女孩 Marthe 反過來被紅魚等人取了一個中文名「馬特拉」，但這個中文名借用自承建木柵線捷運（台北第一條捷運）系統的法國公司 Matra 的中文譯名，也使得這個賦予法文以中文的符號充滿了自我纏繞的現代性困境[36]。

除了《牯嶺街少年殺人事件》之外，楊德昌電影中對現代文明的批判式觀察，也就是對西方文化統攝的審視，也隨處可見：西方現代文化的符號他者常常顯示出強大的主導力量[37]。比

---

36 「馬特拉」這個符號的困境也特別是來自馬特拉公司承建的木柵線捷運在修建期間發生了多次事故，通車時間竟比原定延遲了近五年。基本上，作為一個中文的洋名，「馬特拉」所代表的西方文化他者是一個失敗的權威角色。

37 相比之下，作為西方古典音樂的愛好者，楊德昌在影片用到大量的西方古典音樂，儘管也適度反映出西方文化他者在台灣社會、文化與教育領域的強大規範性力量，但大致上是傳遞出正面效果的。比如，《一一》中的莉莉在演奏會上演出的貝多芬《第一號大提琴奏鳴曲》，以及婷婷在鋼琴上練習的根據美國作曲家蓋希文（George Gershwin）的歌劇《乞丐與蕩婦》（Porgy and Bess）改編的曲子，都映射了台灣音樂教育的現實境況，而且並無負面意味。大田和 NJ 坐在車裡談論並欣賞義大利作曲家貝利尼（Vincenzo Bellini）的歌曲 "Vaga luna, che inargenti"，則更是烘托了二人的音樂修養。其實，在最早的《指望》裡，楊德昌就開始大量用蕭邦鋼琴曲來作配樂。還有《海灘的一天》裡赴歐深造音樂，後來成為著名鋼琴家的譚蔚青，不僅代表了歐洲音樂文化（包括影片開始時的收音機裡她演奏的貝多芬《第四號鋼琴協奏曲》），也代表了台灣社會對西方音樂文化的崇尚（楊德昌甚至在侯孝賢拍攝《風櫃來的人》時，建議用韋瓦第的《四季》取代民間曲調，來作為電影的配樂）。在這一點上，我們似乎可以說，西方古典音樂文化對於主導性的西方現代文明而言，本身就是一種抽離和超越，或者用阿多諾的話來說，是保持了自律藝術的批判性間距的。

如《一一》開始的婚宴上，洋洋因為受女生欺負不思飲食，NJ只好帶他去吃麥當勞——儘管 NJ 不得已陪同，打著呵欠，但洋洋卻沉浸在享受美式快餐（或者也許是逃離了另一個文化秩序，即傳統文化符號域）的喜悅中。婷婷（李凱莉飾）、莉莉（林孟瑾飾）和胖子也常去 N.Y. Bagels Café 用餐。《獨立時代》裡小明的舅舅，雖然家境不好，仍然酷愛 NBA。甚至立人（陳以文飾）和小明去的那個酒吧，牆上的大屏幕就播放著美國職業籃球賽的影像。在不少場景裡，楊德昌呈現出的也常常是失效的西方符號他者。《恐怖分子》裡淑安的單親母親放唱片聽美國老歌 "Smoke Gets in Your Eyes" 來懷舊，而那個實質性的他者——淑安的美國父親——卻始終是個無人填補的空位。《獨立時代》中的立人在路上接到傳教（基督教）的宣傳品時，立刻把它轉遞給陌生的女性路人，並且將「神愛世人」的祝福講成了玩笑甚或是調笑：「神愛世人，我也是，上面有我電話，晚上打電話給我噢」。立人用戲謔的方式假裝占據了大他者的位置，反過來暴露出這個位置的權威性與合法性在當代社會的失落[38]。

---

38 另一個相關的問題，即楊德昌電影中的日本文化符碼是否有（及如何有）實質的文化他者效用，則需要更具體的分析。比如《海灘的一天》裡作為佳森、佳莉成長背景的日式居所，是台灣深受日本文化影響的歷史遺跡，也同時強化了傳統東方家庭規範的嚴苛（但諷刺的是，父親就是在這樣的環境中調戲護士的）。而後來佳莉學日本插花的片段基本意味著傳統東方文化的花邊裝飾，作為與現代性文明生活的對照出現的，但顯然無法解決佳莉的生活危機。《青梅竹馬》裡阿玲欣賞日本電視廣告錄像的片段，則從台灣的「哈日」情結反映出全球化通俗商業文化體系的滲透。在《牯嶺街少年殺人事件》中。小四用日本女人遺留下來用於自殺的短刀殺死了小明，暗示了東方男權社會下普遍的女性命運。《一一》中的日本商人大田，則是極為例外的理想化形象，超然於常態的商業法則之外，儼然是東西方傳統智慧結晶的化身，但不幸在商場上並不得志。而《一一》中 NJ 和 Sherry 因出差而在日本相遇的場景，日本式的雅致庭園作為懷舊的背景也完全無法拯救或重塑生活軌跡早已分離的二人。

作為一個反覆出現的主題，失敗的婚姻（或準婚姻）關係在楊德昌電影裡占據了相當大的比重。從《海灘的一天》開始直到《一一》（除了《牯嶺街少年殺人事件》沒有涉及到這個題旨），夫妻（或未婚夫妻）之間所面臨的情感危機都是情節線索中至為關鍵的因素。如《海灘的一天》涉及了父母之命（傳統）與自由戀愛（現代）兩種不同形態的婚姻：佳森的婚姻失敗似乎可以預期，因為由家長指定的配偶帶來的只能是喪失實質的情感內涵與表面理想的抽象婚姻形態之間的錯位；而佳莉的婚姻危機則更關乎於現代社會的生存危機，由商品化的職業生活與制式化的家庭生活共同構築的現代型符號秩序被證實為充滿了瑕疵和汙漬 [39]。楊德昌影片中大部分失敗的婚姻態勢是在現代社會的符號秩序背景上勾勒出來的。在《青梅竹馬》中，阿隆與阿貞保持著若即若離的關係甚至試圖從中抽離，因為他對阿貞移民美國（挺進更典型的現代性生活軌道）的憧憬與計畫十分消極，從而也對結婚日益缺乏信心。《恐怖分子》中的李立中執迷於他稱之為「事業」的職場升遷（他對他的警官朋友說，「男人麼，就是一個事業，什麼都是假的」），對小說家妻子周郁芬表面關心，但卻連她寫的獲獎小說都一無所知，更遑論妻子的內心，因而遭遇到妻子的離家和出軌。《獨立時代》中更是每一對夫婦或未婚夫婦都出現了問題。Molly 的姊

39　黃建業也認為，在《海灘的一天》中，「現代人理性、自由、進步的開放觀念在度過了舊社會壓抑之後，依然無法保障幸福和恆常的情感關係，個體的無力來自經濟、道德與種種社會規範的矛盾性」（《楊德昌：台灣對世界影史的貢獻》，頁 54），這些「社會規範的矛盾性」正是現代性符號秩序下湧動的真實域殘渣。

姊和姊夫本來是藝文界的模範夫妻檔，卻因為理念日益不合而分居。對 Molly 的姊姊而言，沒有什麼比符號化的主導能指結構更具穩定現實感的了，而姊夫卻試圖從這個結構叛逆出去，他要探詢的是這個結構的缺漏。同樣，Molly 和阿欽之間的一紙婚約貌似牢不可破，卻是建立在家庭財團的利益基礎上，最終還是因為兩人各自的情感或身體出軌而告吹：二人的雙重任性，與彼此之間原本的商務型紐帶產生了不可逆轉的矛盾，從而導致未婚夫妻關係的必然崩解。而小明和琪琪也在金童玉女的表面光鮮下無法遏制由於不同的為人處世原則而不斷爭吵的現實窘境，一直到小明和 Molly 發生了一夜情。小明當然是典型的現代白領，兢兢業業，一絲不苟，所有的努力都是為了順從現代社會大他者的期待，從而與自以為遵從內心道德律令卻實際上同樣依賴意識形態符號秩序的琪琪產生了衝突。當然，就更不用提那個有家有室卻一邊養著情人小鳳，一邊還試圖勾引 Molly 的 Larry 了，他關於人情與回報的投資理論貌似基於客觀理性，卻暗藏著淫亂的內核。在《麻將》裡，紅魚父親已曾因外遇破產，這次則似乎遇到了真正的愛情而拋妻棄子與情人隱居，最後雙雙殉情。商業的巨大成功反倒使他覺悟到現代社會符號秩序的虛妄，從而通過自我摧毀來求得解脫。在《一一》中，NJ 與敏敏亦是貌合神離，儘管並沒有身體出軌，卻與初戀情人阿瑞真情告白「我從來沒有愛過另外一個人」，表達出對於現存家庭與社會制度捆綁的無奈。而舅舅（陳希聖飾）與舅媽（蕭淑慎飾）本來新婚燕爾的和睦氣氛更是被舅舅

與舊情人阿雲（曾心怡飾）的藕斷絲連以及舊情人在各種喜慶場合的鬧場弄得烏煙瘴氣：表面上規整的社會符號秩序總是以遭遇失序告終。婚姻（或期待中的婚姻）作為社會符號秩序的重要形式，每每暴露出其內在不可能的真實域殘渣。

結語：楊德昌的社會倫理視野

假如說蔡明亮電影中的人物大都是零散的、無根的，即使有家庭也看不出家庭角色的意義，那麼楊德昌關注點在很大程度上是當代台灣生活中人的社會性及其失敗。婚姻自是社會性的重要面向之一，在一個人與另一個人的社會化紐帶中的關係體現出符號秩序的某種面貌。楊德昌至少有兩部電影的片名直接涉及了個體與社會的問題：《一一》和《獨立時代》。《一一》的片名出現時是豎排的，幾乎也可以看成是「二」字。它的英文片名「A One and A Two」，似乎也明確指示了對於個體與個體之間關係的探討。同樣，《獨立時代》雖然含有明顯的反諷意味——在片中無人能夠保持孑然獨立的狀態，無論是獨自隱居的 Molly 姊夫，還是期望經濟自主的 Molly ——從而反向地意指了對社會關係的關注。這部影片的英文片名「A Confucian Confusion」（也是影片中 Molly 姊夫撰寫的一部討論孔子和儒家的書名），當然也是以儒家人倫觀念為傳統文化背景來描繪當代社會的。儒家學說中特別強調的是「仁」的觀念：「仁者人也」（《禮記·中庸》）、「仁以愛人」（《禮記·樂記》）

或「上下相親謂之仁」（《禮記・經解》），可以說從不同方面概括了儒家的社會倫理信條。無論如何，作為儒家倫理學的核心──「仁」字恰好對應了《一一》這個片名，因為它要處理的正是人與人的關係。頗具深意的是，楊德昌電影中的現代個體，不是通過與他者產生的互動式（interactive）關係而而成為社會化的主體，而總是與他者生成「互消式」（interpassive）[40]關係，凸顯出二者之間相應的匱乏。儒家學說中的原初現代性由此反諷地呈現為現代性的變異：主體恰恰是作為一種空缺而獲得現代社會他者的確立。

《獨立時代》中的 Molly 姊夫以儒者自況，但從他的生活方式來看，顯然更接近於道家：離群索居，拒絕現代文明，以物質簡單與精神純粹來對抗日漸膨脹奢華的當代社會。Molly 姊姊請求他再度出山，卻並不是要他實現儒家兼濟天下的理想，而是要他輔佐她成為當代社會的粉飾。這個像藝伎般塗脂抹粉的電視主持反對「灰色悲觀」的藝術，在自己的婚姻出現嚴重裂痕的現實境遇下，依舊堅持在電視屏幕上微笑宣揚「陽光永在，充滿光明的社會才會讓我們的感情更健康」。但姊夫最後貌似頓悟出絕對真理（「真理只有一個」）的自言自語，從某種意義上回應了他妻子的籲求：從理念上去認同某個可能具有「新希望」的現代符號秩序。但他戲稱計程車司機（李龍禹飾）

40　對「互消式」（interpassive）或「互消性」（interpassivity）概念的詳盡論述，可參見 Slavoj Žižek, "The Interpassive Subject: Lacan Turns a Prayer Wheel," in his *How to Read Lacan* (New York: W. W. Norton & Company, 2006), pp. 22-39.

「說不定才是孔子再世」反遭司機白眼道「神經病啊」，然後把琪琪拋在身後不顧而消失在夜幕中，表明楊德昌並不認可這種樂觀主義的回歸，或者說並不以其為對於現代性困境有效的終極解決方案。

拉岡的「分離」概念在一定程度上更接近佛家的觀念：一個虛空的他者世界與一個虛空的主體世界是相應的——後者從前者的意指絕境中脫離出來。楊德昌的生活哲學顯然並不是出世的，但他也不是積極入世的傳統儒生，而是具有批判意識的當代知識分子。我們在儒家的基本觀念裡或許可以看到現代性的原生雛形，而佛家的諸多義理也與後現代精神也有著隱祕的思想連結。假如回到詹明信對於楊德昌電影中「現代與後現代……互相中和，互相支撐」的觀察並略加修訂的話，楊德昌美學中的拉岡也就不是用佛家來替代儒家，而是尋找儒家倫理中的裂隙，通過發現主體與他者的雙重失序來為現代性社會烏托邦唱輓歌。因此，楊德昌的影片中似乎並沒有提供給觀眾一個理想化的現代主體。這個分離的過程也是拉岡所謂「穿越幻想」的過程：主體不再是現代性大他者的欲望對象，意味著主體無法填補現代文明符號秩序的空缺，或滿足社會大他者的要求，反而暴露了符號他者自身的匱乏。從這個意義上，楊德昌的電影美學也可以說是「穿越幻想」的努力，也就是主體越過現代性大他者的符號構築，直接面對創傷本源。

《青梅竹馬》臨近結尾處，阿隆被刺，血滲透出衣褲，他坐在路邊的垃圾堆旁，看見垃圾堆裡的老式黑白電視機，眼前

出現了電視播放 1969 年少年職棒賽的幻覺。少年職棒賽代表了阿隆內心最巨大的現代性符號他者，標誌著國際名譽、社會地位……但如今不再是生活中提供正面意義的源泉，只能出現在垃圾堆裡，成為溢出符號秩序的真實域殘渣（廢棄的、無用的記憶），導引出主體的發生。在《牯嶺街少年殺人事件》的尾聲，小貓王留給小四的錄音帶（講述關於貓王的回信和禮物）也被獄卒丟進了廢物箱。那個關於貓王的故事當然純屬虛構，標誌著他們所建構的西方現代他者的空位——這個被虛構的欲望他者表示「他的歌竟然在一個不知名的小島上這麼受歡迎，他很感動」，意味著主體終於通過一個虛構的、不存在的西方現代他者確立了自身。當然，只有從遭到丟棄的境遇中，這個充滿匱乏的主體才得以凸顯，連那種與自我理想的認同其實都反向地鐫刻出主體的匱乏面貌。正如在這部影片的最後一個喜劇性的鏡頭裡，小妹不慎踢落在地的收音機（它曾多次發出代表了現代符號秩序的話語，包括大學教育體制、國際政治結構等）突然震出了聲音，父親立刻勒令她抱住不要動，免得換了個角度又不出聲——也就是說，面對創傷性的真實域殘餘，主體才生成了欲望。那麼，楊德昌電影中最關鍵的指向便在於穿越二者關係中不可能的欲望，體認現代性符號體系中的種種創傷。

由此，我們觀察到了楊德昌影片中的主體如何欲望著他者欲望，而他者又是如何無法實現其社會符號法則的。可以看出，在楊德昌的電影中，決定了家庭或社會符號秩序的大他者往往變異為絕爽的他者，暴露出淫穢或暴力的面貌。楊德昌聚焦在

對現代社會、教育與政治體制的批判上，揭示出它們的殘暴與荒誕。因此，總是有一個欲望的小它物顯露出真實域的鬼臉，引向符號構築的崩坍。儘管現代性問題是楊德昌電影的永恆主題，他一直致力於呈現社會或文化現代性所陷入的困境。楊德昌常常試圖探索傳統儒家和現代性社會範式的關係，二者作為文化符號域卻在當代社會面臨著嚴重的危機。那麼，楊德昌電影中的角色顯示出匱乏主體的面貌，在「穿越幻想」的過程中迫使我們直面內在生命的黑暗核心，對應於現代性符號秩序的創傷性虛空。如果說現代性意識形態是一種具有符號化功能的「幻想」，試圖抹平或掩蓋現實中的不堪真實，楊德昌所致力的「穿越幻想」則反過來展演了一個充滿了真實域汙漬與殘渣的現實，揭示出現代性符號大他者的絕爽核心。這便是楊德昌批判美學的根本意義。

蔡明亮

拷問真實的創傷體驗

◆

　　蔡明亮早期的電影視域與楊德昌有部分的重合。作為符號他
者的現代社會被揭示為充滿了創傷性絕爽（traumatic jouissance）
的所在，往往是楊德昌電影的主題。在《青少年哪吒》裡，小
康的補習班、西門町的遊戲房和溜冰場、甚至摩托車駛過的馬
路，表面上都呈現出規則化現代社會的井然有序，實際上都暗
含著各種混亂和不測，有的深藏不露，有的一觸即發。《愛情
萬歲》裡的阿美（楊貴媚飾）和小康（李康生飾）各自回到他
們的公司（都是室內場景）時，那種無聊的嘈雜，人與人之間
的疏離，個體與環境的錯位，也被展示得十分顯見。阿美收納
鑰匙的盒子裡找不到她想要的鑰匙。小康聽到電話鈴響，嘗試
接了幾次都接錯，透露出體制化社會環境的荒誕，或者說，貌
似有序的符號秩序掩蓋不住的無序面貌。電話作為現代化的通
訊設備，也無法建立起真正的人與人之間的理想交流。《愛情
萬歲》中的阿美和阿榮（陳昭榮飾），本來只有通過電話才有
對話（見面和做愛時都喪失了語言功能），但似乎這種交流也
障礙重重，阿美甚至不知道電話另一端是誰在說話。如果說楊
德昌電影中的符號他者往往變異為代表了創傷性絕爽的小它
物，並且成為主體欲望不可遏止的對象，蔡明亮則從描繪「他

者絕爽」（J(A)）[1]開始，從而進一步直接觸及真實域所體現的創傷性絕爽內核[2]。在論述《郊遊》時，孫松榮也對此做了相應的辯證思考：他一方面提到這部影片「致力描述當代台灣社會底層人民的生命政治，並隱含地批判都市現代化、豪宅化及土地商品化」，另一方面更論及了其「政治寓言」的向度，那「似曾相識、徘徊的歷史遊魂——那流動著不同影像物質的圖像身世」[3]，也就是深藏於歷史記憶中幽暗的創傷性真實。

一、廢墟視景與失敗體驗：現代性的黑暗之心

有關「錯失」的主題在蔡明亮電影中時常出現，但與現代性社會背景的聯繫或密或疏。不少情形既有現代的都市背景，但又抽離出了具體確定的社會意義。比如《愛情萬歲》的開頭，房屋仲介阿美把鑰匙忘在她帶客戶看屋的門上，或者在《河流》的開頭，湘琪（陳湘琪飾）與小康（李康生飾）在電扶梯上擦肩而過，幾秒鐘之後湘琪才想起那是她的舊相識。類似的場景幾乎又重複出現在《天橋不見了》中，只是電扶梯換成了普通的地下通道樓梯：這次是小康在擦肩而過後發現了湘琪（陳湘

1　拉岡的 J(Ⱥ) 概念指的是被劃除的大他者（Ⱥ = barred Autre）的絕爽（J = Jouissance）。在蔡明亮的電影中，作為符號他者的社會場域每每呈現出創傷性快感的面貌——從《青少年哪吒》的青年亞文化，到《天邊一朵雲》的色情商業，到《黑眼圈》和《郊遊》的底層生活，都顯示了這一特徵。
2　孫松榮對蔡明亮與「台灣新電影」的關係曾做過頗為恰當的定位，認為蔡明亮「在『新電影』時期即投身編劇創作……其電影創作路徑及影像形式風格的養成，與『新電影』所塑造的『台灣成長經驗』不謀而合……被譽為『台灣三部曲』的系列影片：《青少年哪吒》、《愛情萬歲》、《河流》……是直接對侯氏與楊氏的『新電影』遺產的繼承及提煉」，見孫松榮：《入鏡／出鏡：蔡明亮的影像藝術與跨界實踐》（台北：五南，2014），頁 55-56。不過，我以為蔡明亮早期電影對都市經驗的批判性審視，更接近於楊德昌，而異於鄉土美學色彩較為明顯的侯孝賢。
3　孫松榮：《入鏡／出鏡：蔡明亮的影像藝術與跨界實踐》（台北：五南，2014），頁 178。

琪飾），但他回頭猶豫了很久，最後還是沒有招呼湘琪。另一個例子是在《你那邊幾點》中，湘琪（陳湘琪飾）在夜幕裡急速走回旅店，因為過於急迫以至於走過了頭，走出了畫面之外才又掉頭走回來。假如說前兩個例子至少與現代都市的物質符號體系不可分割，後兩個例子則幾乎沒有對於都市現代性特質的強調。那麼，「錯失」的意味便不僅在於現代性秩序的裂隙，也在於他者符號秩序本身的裂隙。

可以說，蔡明亮早期電影裡觸及的楊德昌式的現代性批判在《愛情萬歲》就基本消失了，儘管他對現代性的關注並未休止。也可以說，蔡明亮與楊德昌的不同在於蔡明亮的目標並不指向楊德昌式的社會批判，而是著迷於作為符號他者的現代社會（包括家庭）所呈現的具抽象意味的某種（反）形式感，其中現實與社會的關懷是落實到鮮明的美學形式上的（正如《黑眼圈》和《郊遊》觸及了底層的議題，但並不是現實主義電影；或者《愛情萬歲》、《河流》、《臉》觸及了同志議題，但不是酷兒電影）。在蔡明亮那裡，原本建立在現代性的符號秩序上的文明社會總是呈現為創傷性的廢墟[4]。

不難發現，蔡明亮的都市視域往往偏向於一種破敗的樣貌。從拉岡的理論角度來看，如果都市標誌著現代文明的符號域，那麼蔡明亮致力於揭示的是這個符號域試圖遮蔽的，難以忍受

4　蔡明亮本人也相當意識到自己對廢墟景觀的愛好，以及廢墟的「真實」性。他在與李康生的一次對談中就說：「我一直喜歡廢墟就是這樣……最真實就是廢墟啊！……好喜歡廢墟，我們的電影都是廢墟。」（〈那日下午──蔡明亮對談李康生〉，見蔡明亮：《郊遊》〔新北：印刻，2014〕，頁302。）

的真實域。無論從外在景觀還是從內在情節而言，蔡明亮的電影鏡頭都充滿了對不堪的生活及其環境的強烈關注，而背景往往是當代都市。《黑眼圈》裡的吉隆坡外勞住在極為髒亂的房屋裡，《郊遊》裡的一家三口（父、子、女）也居住在台北一個極為簡陋破舊的狹隘空間，與父親小康（李康生飾）舉廣告牌宣傳的華美公寓形成了強烈對照（他在乾淨白皙的大床上暫時躺下休息，也令人想起《愛情萬歲》裡小康和阿榮偷偷占據的待租空屋）。同樣令人唱嘆的是小陸（陸弈靜飾）餵食流浪狗的場地，也就是片尾男女主人公久久站立的廢棄場地。甚至在《臉》中，藝術殿堂羅浮宮也難逃「厄運」：光鮮亮麗的明亮展廳讓位給了幽閉的地下水道、陰暗的逃生梯或工作梯、布滿管線的夾層和通道，以及展品畫框底下的祕密地洞。

　　《黑眼圈》裡的吉隆坡外勞從垃圾堆裡撿來一張骯髒不堪的床墊回家使用。這種拾荒式的行為在蔡明亮電影中比比皆是。《愛情萬歲》裡的阿美爬進台北一個破敗的工地護欄拿石頭當售屋廣告牌的「鎮紙」，而她在守株待兔地出售的空屋也展示出破壁殘垣的背景。這些都市中的破敗無疑暴露了文明符號秩序中的真實性創傷。臨近結尾處，阿美漫長步行穿越了尚未建成的大安森林公園：這個混雜著泥地、灰土、石渣、積水和汙跡的景觀，絲毫沒有帶來希望感。在《河流》裡，小康的父親（苗天飾）和《愛情萬歲》裡的阿美一樣，從一個荒廢的、尚未施工的台北建築工地裡撿了一塊塑膠板回家自製為擋漏水的裝置。那具河裡漂浮的假屍體（都市中的廢棄身體）預示了影片

的陰沉基調。嚴重漏水的房間也給人以文明大他者無法依賴的絕望感。在這個背景下，小康（李康生飾）頸部歪扭疼痛，不斷騎車跌倒，顯露出創傷性的黑暗核心——而這個創傷恰恰是無法確知其根源的。《河流》的第一個鏡頭展示的是台北新光三越站前店的冰冷外貌以及電扶梯的機械性單調聲響，突出了符號化文明秩序的背景——但這似乎是影片唯一展示出一個現代化都市面貌的段落，卻成為整部影片裡後續的廢墟場景與災禍情節的反襯。在蔡明亮的鏡頭裡，這個台北車站前代表了最繁華都市的街區也出現在《你那邊幾點》中，更是《天橋不見了》全片基本的空間背景（甚至新光三越站前店與《河流》片頭視角相同的場景再度重現）。不過這個背景在《天橋不見了》裡主要強調了紛雜的人流與車流，也可以說是都市符號化秩序內的各種失序——被警察認為是違反交通規則的亂穿馬路，以及警察檢查完身分證後身分證的丟失。《天橋不見了》的空間秩序本身就是建立在一種空缺狀態之上的：在《你那邊幾點》中湘琪遭遇小康的那座人行天橋遭到了拆除，意味著符號他者的匱乏或缺失不再能夠為主體提供依賴。

而《洞》則以整部影片集中展演廢墟性和災難性：在都市大樓的體系內，這個地板／天花板上的「洞」也無疑代表了真實域黑暗的創傷核心（它出現在現代性符號化構築的中央）。這部電影寓言化地營造了一個世紀末的（源自無名病毒的）瘟疫 [5]，以及連綿大雨的外部空間：無論公共播報的背景聲音如何

5　影片拍攝於 1998 年，電影的時間背景設定在尚未到來的 1999 年，離千禧年尚有七天。

堂皇，也掩蓋不住不堪忍受的社會生活境遇。樓房作為一種符號化的構築一再暴露出真實的內在危險：如果說《河流》中的漏水是一種外來的侵襲，那麼《洞》裡被挖出的那個地板／天花板上的洞則是從內部瓦解了原本構造分明的空間秩序。

更為破敗的建築是出現在《黑眼圈》裡那棟袒露凌亂鋼筋、看上去已被廢棄的爛尾樓——流浪漢（李康生飾）在樓內的積水潭裡垂釣，而茶室老闆娘（蔡寶珠飾）則失足跌落在樓梯間的積水裡。儘管空間背景從台北移到了吉隆坡，都市的敗落景觀依舊是蔡明亮關注的焦點。據蔡明亮的自述：

> 我們在吉隆坡的市區裡很有歷史性的半山芭監獄（Pudu Jail）旁找到一個很特別的場景，那是一座巨大的廢棄工地大樓。90年代初，大馬因應經濟發展政策，輸入大量外勞興建各種大樓，其中包括了當時標榜世界最高的雙峰塔，90年代末，又因亞洲經濟風暴，導致許多建設無法完工，而那些來自其他貧窮國家的外勞，一瞬間進退維谷，大部分變成了藏匿、流竄、沒有身分的非法苦力。而這棟在半山芭監獄旁邊廢棄的龐然大物，就是當年遺留下來的。[6]

可以說，《黑眼圈》裡這棟廢棄的大樓直接展示了現代化

6　<http://blog.sina.com.tw/sleepalone/article.php?pbgid=35117&entryid=285611>（《黑眼圈》官方部落格）。

符號域──甚至是符號化過程中──無法遏制而令人不安的真實域空間。在這個以雙峰塔為標誌的都市符號結構內部，這個建築廢墟中的水潭正意味著那個深不可測的真實域黑洞，一不小心就會像老闆娘一樣跌落其中，發出驚恐的叫喊。作為真實域，它也代表了意義的陷落。假如說歷史上的「姜太公釣魚」尚有外在的目的，是符號秩序的有效環節，那麼流浪漢的垂釣姿態則放棄了這樣的弦外之音，而僅僅出示純粹空洞的意義塌陷。

現代空間的**廢墟**狀態與現代生態的**廢墟**狀態是相應的。在《河流》裡，控制不住的天花板漏水和連綿的霪雨交合在一起，營造出一種注定無法逃脫的絕望氛圍。這個霪雨的環境也出現在《洞》裡：《洞》把《河流》的雨季背景拉伸到全片的從頭至尾，樓上男人和樓下女人的生活始終被窗外的雨聲所包圍。同樣，《不散》整部電影的情節也發生在一整夜的雨中。儘管大部分鏡頭都集中在電影院內，室外的雨天主要呈現於片頭和片尾，但室內的場景也時有出現雨打窗戶的影像和聲音。

水患，尤其是雨水的侵襲，成為蔡明亮電影中反覆出現的情節要素。他的第一部電影《青少年哪吒》一開場就是阿澤（陳昭榮飾）和阿斌（任長彬飾）在一個暴雨傾盆的夜晚到公用電話亭裡去竊取硬幣。這個雨夜的背景延續到接下來的平行線索──小康（李康生飾）在雨聲中坐在窗前複習功課（隨後發現了屋裡的蟑螂）。雨夜也成為本篇幾個戲劇性高潮的背景：小康在一個雨夜狂歡式地砸毀了阿澤的機車；阿澤把被毒打的阿

斌扶上小康父親（苗天飾）的計程車後，途中也下起了大雨，直到阿桂（王渝文飾）冒雨來探望傷重的阿斌。在《郊遊》裡，雨更是全篇高潮部分不可或缺的背景：小康在疾風驟雨中緊握廣告牌，含淚清唱《滿江紅》的場景是這部影片最令人難忘的場景之一。同樣令人揪心的是在河邊樹林的暴風雨中小康與小陸搶奪子女的場面。貫穿著蔡明亮電影創作生涯的雨，始終與生活困境（甚至是絕境）相關聯，也可以說是現實的符號秩序必須承受的侵襲，它來自作為真實域的多變而無法控制的自然界。從最早的《青少年哪吒》到《河流》、《洞》、《不散》，一直到最新的《郊遊》，代表了現代性符號都市總是不得不承受來自難以阻擋的真實域的侵蝕。

不過，水患在蔡明亮的電影裡也不僅僅限於雨水。在《河流》裡，屋內的漏水以為是天花板漏雨，後來發現是因為樓上的水龍頭一直沒關。《青少年哪吒》在影片剛開始時就有廚房（因為下水道堵塞而）水漫為患的段落，這個背景也成為阿澤的青春欲望（性和暴力）無法排解的隱喻。在影片的中段，廚房積水的場面再次出現，鏡頭以特寫來呈現水面上漂浮著的拖鞋、菸蒂和啤酒罐，令人想起塔可夫斯基（Andrei Tarkovsky）的電影《潛行者》（Stalker）中呈現水面下廢棄物與沉積物的著名片段，但我們可以看出蔡明亮的空間性欲望隱喻與塔可夫斯基的時間性精神隱喻之間的根本差異。

這個廚房裡水漫金山的場景在《臉》裡再度出現並且愈演愈烈：小康（李康生飾）一打開水龍頭就遭遇噴水，隨後水槽

下的水管似乎也爆裂，更多的水噴湧出來，不可遏止——這個持續了三分半鐘的段落成為影片一開始就營造的高潮。隨後，屋內的積水漸漸高漲，鍋碗瓢盆漂浮在水面上，與早年《青少年哪吒》的場景相呼應。而接下來的鏡頭——小康母親（陸弈靜飾）躺在積水房間的床上——則令人想起《黑眼圈》結尾時的場景——茶室女傭（陳湘琪飾）、流浪漢和拉旺（Norman Atun 飾）三人並排睡在漂在水面的床墊上。漂在水面上的場景也在《臉》中出現：Norman Atun 飾演的裸男躺在漂浮於巴黎下水道的木板上。在前一個場景裡，導演母親（陸弈靜飾）的幽靈提著箱子出走，導演手握一束點燃為祭奠用的香追索到了下水道裡，看到了躺在木板上的男人和對他歌唱的女人。值得注意的是，《黑眼圈》和《臉》這兩個躺著漂浮的場景裡的水都不是浪漫的湖面或海面，而是汙水或積水——在廢棄的樓房裡或者處理廢水的坑道裡。這裡，水雖然沒有形成災難性的後果，卻同樣設置了創傷性深淵的隱喻背景。

　　《天邊一朵雲》承襲了《洞》對災害背景的設置，只不過這次是旱災 [7]（即使如此，《天邊一朵雲》仍有鑰匙從柏油馬路挖出後，馬路開始滲水的頗具情色隱喻的場景）。當然，「旱」也意味著欲望所面臨的「乾涸」，與商品化的、非自然的性「滋

---

[7]　《天邊一朵雲》可以看作是短片《天橋不見了》的續篇，不僅是因為小康在《天橋不見了》的末尾應徵 A 片演員的工作，到了《天邊一朵雲》裡正式成為了 A 片演員，還有《天邊一朵雲》裡的乾旱似乎也是延續了《天橋不見了》裡的停水（陳湘琪在餐廳裡因為停水而點不到咖啡，小康在公廁的洗手台上也開不出自來水）。《天橋不見了》從頭至尾的藍天白雲背景上的停水似乎是《天邊一朵雲》旱災的前兆。

潤」形成了寓言化的對照並置。換句話說，在影片中，這個乾旱的背景一方面應和了故宮解說員（陳湘琪飾）的性飢渴，另一方面則應和了以色情片男優（李康生飾）為代表的，虛假潤澤之下同樣的無法滿足。影片裡有一個段落就呈現了這種虛假潤澤，就是當男優和女優在浴缸裡拍色情片時，導演讓手下在他們的身體上灑水，營造潮濕的效果。而實際上，男優不僅遭遇不舉的窘境，試圖靠裸女圖片來引發勃起，他在性活動過程中其實根本無法真正獲取快感，最後必須經由故宮解說員才抵達高潮。

《黑眼圈》的後半部分同樣設置了一個自然災害的背景：煙霾。在煙霾的侵襲下，人們不得不戴上口罩；以至於流浪漢和茶室女傭摘下保麗龍自製的口罩來擁吻愛撫時，因為嗆得咳嗽而無法繼續。可以說，無論是《洞》、《天邊一朵雲》，還是《黑眼圈》，都探討了倖存的主題：在極端不堪的處境或困境下的存活，體現了社會符號域崩裂狀態下的絕望真實。在自然災害（往往來自人類與文明無法控制的領域）的背景上，蔡明亮不斷探問當代社會所面臨的生存絕境。

在蔡明亮的電影裡也經常出現其他各類難以逃避的危害或威脅。與災害或瘟疫相關的是蟑螂——一種令人反感甚至恐懼的昆蟲——在《青少年哪吒》、《洞》、《你那邊幾點》裡多次現身。蟑螂的意象在蔡明亮的第一部影片《青少年哪吒》的片頭部分就已出現：小康用圓規的尖腳刺中了地上的一隻蟑螂並甩出窗外，但之後不久蟑螂又爬回到黑黝黝的窗玻璃外面驅

之不去（暗示著這種幽靈般顯現的不可遏止），以致小康在拍打玻璃窗時打碎了窗戶，鮮血直流。在《洞》裡，樓下的女人（楊貴媚飾）正在臉上抹護膚品時，一陣白粉從天花板上不偏不倚撒到頭上，再抬頭看，便驚悸地發現一隻蟑螂從天花板上的破洞裡幽然爬出。在這兩個段落裡，蟑螂都引起了極大的不安，可以說是從真實域滲漏的「小它物」（objet petit a）的靈光閃現。在《你那邊幾點》裡，小康在廚房抓了一隻蟑螂，但母親警告千萬不能殺死牠，因為很可能是剛死的父親轉世而成的（但小康將牠扔進了魚缸餵魚）。蟑螂仍然扮演了某種靈界的、神祕的「小它物」，以其不可捉摸而令人驚恐的特性顯示出創傷性真實域殘渣的面貌。我們不得不把蟑螂理解為來自真實域的某種「凝視」（gaze），它致命地吸引了我們。在拉岡那裡，凝視自然是「小它物」的一例，它處於客體而非主體一邊[8]；換句話說，主體的幻想來自於與客體凝視的遭遇。

　　蟑螂也常常暗喻了人自身的處境。《洞》的災難視域也從自然界關聯到人自身的生存處境：片中出現了一個不知名的感染了瘟疫的病人（呈現出蟑螂的習性），他先是在空蕩的市場裡爬行，然後爬進了牆上的另一個黑「洞」內，最後被執法人員拖出來強行抬離。臨近片尾，樓下的女人（陳湘琪飾）也幾乎變異成蟑螂般的爬蟲，在濕透的地板上爬進爬出，然後鑽進

8　紀傑克說：「拉岡在研討班 11 期上提出了眼睛與凝視的相悖：也就是說，凝視是在客體這一邊的」（Slavoj Žižek, *Enjoy Your Symptom!: Jacques Lacan in Hollywood and Out*〔New York: Routledge, 1992〕, p.228）。

床底，無聲無息。

　　更具「凝視」意味的當然是《洞》中那個地板／天花板上的洞。對於樓上和樓下的男女而言，這個洞就像是死盯著看的一隻獨眼，又似乎具有一種致命的吸引力，隨時都會吞噬被它捕獲的獵物。影片中，樓下的女人在與水管工的電話裡說「我看到你挖的那個洞……你的眼睛在看我」也恰好佐證了這一點。水管工挖出的洞代表了某種破壞力與摧毀力，是廢墟與災難的來源之一。在臨近結尾時，樓上的男人毫無來由地嘗試著把腿伸進洞裡，可以說是死亡驅力（death drive）的某種突襲。有意思的是，這個洞的致命吸引力來自它作為符號化建構的壞損而顯露的，是符號秩序在整合過程中失敗的對象。如果說「在這一幕中，個人的身體已經『進入』到另一方的『身體』中，性指涉的意味不言而喻」[9]，那麼這個場景甚至體現了拉岡「性關係並不存在」[10]的著名論斷，因為性的體驗在這裡是創傷性的——小康必須痛苦地把腿從洞裡拔出來或者無意義地擺盪——性的嘗試意味著一種失敗，一種真實域意義上的錯位（除了最後一幕歌舞中和諧的幻想）。

　　在蔡明亮電影裡，「壞掉」的狀態始終占據著相當重要的地位。在破敗和廢墟之外，從除卻經常失靈的水龍頭（《河流》的漏水、《臉》的噴水和《天邊一朵雲》的不出水），往往還

9　謝世宗：《電影與視覺文化：閱讀台灣經典電影》（台北：五南圖書，2015），頁178。

10　Jacques Lacan, "God and the Jouissance of the Woman," in Juliet Mitchell and Jacqueline Rose (eds.), *Feminine Sexuality: Jacques Lacan and the École freudienne* (London: Macmillan, 1982), p.141.

有一些具體事物的偶發或意外壞損，暴露出符號構築的內在裂隙。從《青少年哪吒》開始，除了廚房的地漏失靈造成積水之外，還有一個場景是阿澤住家大樓的故障電梯，每到四樓都要錯停開門。《天邊一朵雲》裡，故宮解說員的鑰匙丟在窗外被壓進柏油路裡，被挖出後，路上便出現了一個滲水的破洞。作為都市符號化秩序的道路和建築，無不暴露出其黑暗內核中星星點點的創傷性真實。同樣，《天橋不見了》描繪的本來應該是符號化過程對都市的整飭，但實際上拆除天橋造成了行人的莫大困惑，成為現代性符號秩序中的罅隙。

　　身體的壞損也多次出現，我指的當然主要不是《青少年哪吒》末尾阿斌被打傷的身體，而是更具隱喻意味的壞損狀態。《河流》中小康脖子的歪扭似乎並無一個確定的來由（可能與在河裡扮演浮屍有關，也可能與激烈的性愛動作有關），《黑眼圈》裡的植物人更沒有交代任何前因後果，《不散》中的女售票員（陳湘琪飾）也並無來由地塑造成跛腳。在《臉》裡，Antoine（Jean-Pierre Léaud 飾）坐在鏡子前沮喪地觀察受傷後貼著 OK 繃的鼻子，直到製片人（Fanny Ardant 飾）替他揭掉後露出紅色的傷痕。《臉》還出現了一個頭上纏滿了紗布的神祕形象（無表情的白色輪廓形似於波依斯〔Joseph Beuys〕在其行為藝術《如何對一隻死兔子解釋繪畫》〔Wie man dem toten Hasen die Bilder erklärt, 1965〕中貼滿金箔的臉部形象），暗示了內在的、看不見的傷殘。蔡明亮試圖通過身體的病態或傷殘來表現對去勢（castration）的「象徵性替代」（symbolic substitute）：身體的缺憾或壞損也對應著符號世界的廢墟狀態 [11]。

二、生命中不能承受之慢

　　任何有蔡明亮電影觀影經驗的觀眾都會感受到蔡明亮電影中難以忍受的、特有的「慢」——從《愛情萬歲》裡阿美在公園裡走了四分鐘的鏡頭開始，蔡明亮一發不可收拾，逐漸將「慢」的美學發展到了一個巔峰 [12]。於是我們又在《不散》中觀察到跛腳的影院售票員上下樓梯的漫長時間，《郊遊》中的小康和湘琪（陳湘琪飾）無盡的靜立，以至所有「行者系列」的短片（《無色》、《行者》、《金剛經》、《夢遊》、《行在水上》、《西遊》、《無無眠》）中李康生扮演的角色往往是從頭到尾的慢走（例外有《西遊》的開頭部分和《無無眠》的後半部分）。如果說《愛情萬歲》裡阿美的行走，甚至《天邊一朵雲》裡故宮解說員捧著西瓜上下樓梯，都還是以正常的速度，那麼以「行者系列」為代表的強烈風格化的慢走則無疑是蓄意地考驗觀眾的忍耐力和專注力，或者說，是直面生命中

11　對於這一點，蔡明亮本人也不無體會。他曾說：「全部東西都會變成廢墟啊，人也是這樣啊。以前多好的皮膚。」（〈那日下午——蔡明亮對談李康生〉，見蔡明亮：《郊遊》，〔新北：印刻，2014〕，頁 302。）

12　《愛情萬歲》臨近結尾處阿美在大安森林公園獨自的大段行走顯然受到了蔡明亮最心儀的歐洲導演楚浮（François Truffaut）電影《四百擊》（Les Quatre Cents Coups）結尾場景的影響——少年 Antoine 逃離教養所後慢跑至海灘的長鏡頭。在《你那邊幾點》和《臉》裡，我們也可以發現大量蔡明亮向楚浮（特別是《四百擊》）致敬的影像片段；包括《你那邊幾點》裡小康觀看《四百擊》的錄影；而《臉》則乾脆邀請已經年邁的當年主演《四百擊》中少年 Antoine 的 Jean-Pierre Léaud 來出演（在片中的角色仍叫 Antoine）。

難以忍受的時間性壓抑。可以說，蔡明亮把侯孝賢的長鏡頭和固定機位風格推到了一個極端，侯孝賢的攝影機及所代表的靜止而有距離感的主觀視角在蔡明亮那裡變得更加冷峻，甚至帶有某種強迫性自律的快感。

張小虹在〈台北慢動作：身體—城市的時間顯微〉一文中提到了蔡明亮電影中的「真實時間」[13]。張小虹否認了「『真實時間』等同於『實際時間』」，並指出「『真實』（real）不等同於『現實』（reality）」[14]。我以為，這裡意在「維持『時延』的連續流動」[15] 的「真實」概念儘管源於伯格森（Henri Bergson）和德勒茲（Gilles Deleuze），卻也有意無意暗示了拉岡意義上的「真實域」（the real）——這個「真實」在拉岡看來是符號化的「現實」試圖掩蓋的黑暗之核。如果說楊德昌電影呈現的符號秩序中不時顯露出真實域的殘渣——小它物，蔡明亮的電影則更直接地與真實域展開了一種面對面的博弈。拉岡的真實域指的是無法被符號化的內在硬核，無意識深處的黑洞或深淵，它被永久切斷進入語言的狀態，標明了語言的限度，是對語言的抵制。拉岡認為，「真實域是不可能的」[16]，它只能以否定的特性被定義。

13　張小虹：〈台北慢動作：身體—城市的時間顯微〉，《中外文學》第 36 卷第 2 期（2007 年 6 月），頁 132。

14　張小虹：〈台北慢動作：身體—城市的時間顯微〉，《中外文學》第 36 卷第 2 期（2007 年 6 月），頁 132-134。

15　張小虹：〈台北慢動作：身體—城市的時間顯微〉，《中外文學》第 36 卷第 2 期（2007 年 6 月），頁 135。

16　Jacques Lacan, *Le séminaire, Livre XVII: L'envers de la psychanalyse*, ed. Jacques-Alain Miller (Paris: Seuil, 1991), 143.

蔡明亮在一次訪談裡曾說：「我覺得我比較願意去面對真實，可是很難要去面對它，比如說死亡，或者失去」[17]。我把這個「真實」理解為剝離了符號化偽飾之後難以面對的真實域。蔡明亮電影中較早出現冗長時間的是《不散》，比如女售票員在樓梯間的行走由於腿疾造成了超常的慢速。於是，創傷化的身體使得抻長的時間也具有了某種創傷的特性：在蔡明亮電影中，「慢」每每是身體及其行為無法被符號化過程徹底規整的創傷性狀態。在「行者系列」中，李康生行走的時間不屬於現實中符號化的時間模式：慢走的時間往往是與被社會符號秩序規整的時間相對照（即使不是對立）的。也可以說，蔡明亮從符號律法所建立的時間規畫中死命挖掘出某種創傷化的真實時間。在許多片段——尤其是《行者》和《西遊》裡——李康生異乎尋常的刻意慢速與背景上川流不息（甚至有時是熙熙攘攘）的快速行走或行駛形成了鮮明的對比。比如《行者》中香港街頭的場景——天橋上、階梯上、鬧市的步行街上、流動餐車旁——周遭的行人們都以商業大都會的時間形態來安排行走的速度（以及有軌電車或汽車駛過的場面也時有穿插）。在這樣的處理下，正如有論者所言，「場景中正在發生的其他行動和元素反倒被行者身體的遲滯所放大」[18]，換句話說，符號秩序會更加嘈雜紛亂，暴露出其無序的內核。林松輝在他論述蔡明亮

17　蔡明亮、楊小濱：〈每個人都在找他心裡的一頭鹿——蔡明亮訪談〉，《文化研究》第 15 期（2013 年 6 月），頁 485。
18　David Eng, "Slowness as an Act of Rebellion: On Tsai Ming-liang's *Walker*," *Entropy* May 22, 2014.

「慢速電影」的論著中認為：「假如遲緩可以看作一種抵抗的形式……它所抵抗的是一種加速的時間性，其物質形式是主流電影，其美學建立在緊迫的延續性前提上」[19]。我以為對於「抵抗」的理解還可以拓展到電影藝術的領域之外，拓展到對現代時間的整體範圍內來觀察。在這個意義上，可以說蔡明亮以創傷化的慢速影像來抵抗以「加速的時間性」為特質的現代性符號秩序。

《行者》開始的第一個鏡頭是李康生從室內樓梯上走向室外，然後接第二個廣告牌的鏡頭。這個處理頗為類似於《青少年哪吒》的片頭（片名出現後），先是從室內往室外的鏡頭角度：阿澤和阿斌摩托車駛過，然後鏡頭跟隨摩托車移到室外拍街景和店招。這樣的處理都對照了前後兩個不同的空間（以及不同空間所帶來的不同時間感）：首先是缺乏動感的室內部分（而室外的背景則是具有動感的街道及其交通），然後鏡頭接到室外，猶如觀察主體從昏昧混沌的真實域被擲入了（表面井井有條但可能更加紛雜的）符號社會中。很顯然，至少在《行者》中，李康生仍然代表了符號化的都市無法消化或整合的真實域鬼魅：他低著頭（面目模糊不清），赤著腳（不在現代文明的行為框架內），基本是無目的地走在街上（行走並非抵達終點的工具式行為或過程）。繽紛斑駁的租售及物業的廣告牌顯然與純粹、孤絕的李康生形成一種對應：一邊是試圖建立或納入符號秩序

---

19 Song Hwee Lim, *Tsai Ming-liang and a Cinema of Slowness* (Honolulu: University of Hawaii Press, 2014), p.42.

的努力（卻掩蓋不住雜亂的視效快感），另一邊則是無法配置到符號秩序中去的創傷性硬核。這樣的對照結構在《西遊》中也有出現：儘管空間背景移到了法國馬賽（並非典型的商業化大都市），仍有相關於旅遊業、時裝業的種種當代社會能指與慢走行為形成了錯裂。

在《行者》中，李康生走過一張有郭富城形象的健身廣告牌；在《西遊》中，他走過一個時裝店櫥窗模特（假人）——蔡明亮每每通過這樣的並置來對照商品化的人物形象與苦行僧的人物形象。有意思的是，苦行僧的人物形象儘管行走緩慢，仍然有所移動，而商品化的人物形象卻反而處於完全靜止木然的狀態。從這個意義上說，「色」與「空」的位置，絕爽與欲望的端點，似乎都是完全可以互相轉換的莫比烏斯帶（Möbius band）兩面。

的確，在「行者系列」裡，李康生的角色總是身穿紅色僧袍，或多或少使得這個形象染上了佛教色彩。《行者》中光頭的李康生雙手托著快餐塑膠袋和麵包赤腳前行，呼應了傳統托缽僧的形象。「行者系列」的片名也大都與佛教相關。《金剛經》片名自不用說，《無色》的片名來自《心經》中的「是故空中無色無受想行識」之語，而《無無眠》的片名，按蔡明亮自己的說法，則是取自《心經》中另一語「無無明亦無無明盡」[20]，可謂均與佛經相關。《西遊》的片名當然呼應了講述唐玄奘西

20　蔡明亮表示：「這部叫《無無眠》，是無無明（《心經》）轉過來的。」見〈蔡明亮：拍電影像寫生，想到什麼拍什麼〉，《新京報》2015年4月8日。

天取經故事的古典名著《西遊記》。

不過，我們必須注意到的是，蔡明亮「行者系列」裡的李康生除了慢走這個行為本身之外並無任何符號性的外在目的（無論是宗教的還是現實的），既不是為了取經，也不是為了化緣[21]。只有《無色》的末尾似乎有一個終結點——純白色甬道盡頭的黑洞，儘管並沒有任何提示說明全部慢走的終極目標就是這個黑洞。但的確這個黑洞處在一個凝視主體的位置上，成為一個小它物，即欲望的原因-對象。面對小它物凝視的主體在貌似遠征的行走（表面的符號化行為）與毫無意義難以忍受的緩慢（真實的創傷性內核）之間產生了分裂。也可以說，這個貌似為終極而不過是事實上終結的黑洞反而使得之前的行走都變得也喪失了任何符號意義，無論是宗教的，還是世俗的。每一步慢走，都模擬了行走的艱難；但問題在於，所有的艱難都沒有一個預設目標，也沒有意外抵達一個理想終點。甚至在終點到來的時候，那只是一個不可測的、難以承受的黑暗深淵。甚至，當這個黑洞的表面對主體而言差點被當作鏡面的時候，鏡像關係完全失敗了。電影鏡頭捕捉的是李康生在黑洞口探頭，那裡不僅沒有完整映射的理想自我（ideal ego），而且甚至沒有任何可以仰賴的自我理想（ego-ideal）——大他者——的存在，有的只是無邊的黑暗（在片尾的李康生臉部特寫後有大約

21　從這個意義上說，蔡明亮的「行者系列」與 Tom Tykwer 的電影《疾走羅拉》（Lola rennt, 1998）所呈現的行為模式正好相反，後者中的羅拉因為迫於時間的壓力必須以最快速度奔跑在目標明確的路途中，體現了被大他者支配的，充分符號化的主體（儘管能指化過程中也有其分裂的所指）。

17 秒鐘布滿整個畫面的純粹黑色）。《無色》的主要部分是以幾乎純白色的樓道和甬道為背景的，即使在片頭的士林夜市部分，也沒有出現任何廢墟視景。它幾乎再次出現了《洞》的主題：在貌似完美的符號構築中必然有真實域的鬼臉以黑洞的樣式凝視著主體，透露出創傷性的神祕深淵。可以說這是蔡明亮最直接面對真實域的一次嘗試[22]。如果慢走本身也體現了創傷化真實的漫長歷程，那麼黑洞本身的出現把這個創傷展示為一種絕對的空無或喪失，呈現為「原物」（Thing）的不可能與不可觸及。

在最新的短片《無無眠》中，蔡明亮用固定的長鏡頭分別拍攝安藤政信和李康生飾演的角色躺在膠囊酒店的單元裡，基本上靜止不動的場景。《郊遊》接近尾聲的段落裡，14 分鐘左右的固定鏡頭拍小康和湘琪沉默無言，前後站立（甚至並未對視）的場景。蔡明亮鏡頭下的靜默場景往往產生出「此時無聲勝有聲」的效果：在一種對後續行動的期待與行動無限推遲的張力中，觀眾被迫浸沒在看不到未來的時間延續中，經歷並體驗時間的虛無內核[23]。如果說這個真實的空洞內核是符號化的日常生活不斷試圖以各種要務或瑣事填充，以便構築起一個符

22　蔡明亮電影中其他試圖直接面對真實域原物的場合還有《臉》中女星撕黑色封條貼窗的段落等。
23　在論述蔡明亮電影中的靜默因素時，林松輝（Song Hwee Lim）提到了老子的「大音希聲」和凱吉（John Cage）的音樂作品《4 分 33 秒》（Song Hwee Lim, *Tsai Ming-liang and a Cinema of Slowness*〔Honolulu: University of Hawaii Press, 2014〕, p.119），儘管未做細緻的分析。但我認為蔡明亮的靜默並不指向具有道家意味的逍遙與超越；相反，蔡明亮透過聲的不可能探索了不可觸及的創傷性真實域（《郊遊》臨近結尾時小康與湘琪的無聲站立當然充滿了緊張和傷痛，而《黑眼圈》中迫近死亡的植物人也許是更極端的一例）。

合大他者欲望的幻想框架，那麼蔡明亮則無情地把它們（無論是金玉還是敗絮）重新挖空，迫使我們穿越幻想，回到創傷性的源頭，並且享受那個無法忍受的真實絕爽。

三、絕爽或痛快：痛感與快感的雜糅

　　蔡明亮電影中充滿了各種不可確知的險境，讓人時時感受到真實域的閃靈。比如《你那邊幾點》裡，湘琪正在路邊電話亭裡打電話時，隔壁電話亭裡的男人突然一邊對著電話大叫一邊猛敲隔間的玻璃。在《天邊一朵雲》中，AV 女優突然在電梯裡抓狂起來，甚至脫光了上衣，驚慌地、不能自已地猛抓自己的身體，但始終沒有發現任何確定的原因。另一個在電梯裡的場景，是陳湘琪被突然進入的一個男人所驚嚇，那個男人只是很平常地進入電梯，背過身去，按了一下樓層的按鈕，但陳湘琪仍然莫名地驚懼著。這種來自真實域的創傷性襲擊也時時表現為各種無法控制的威脅，就像《天邊一朵雲》中的李康生和陳湘琪所遭遇的在地板上亂爬、張牙舞爪的螃蟹[24]。也可以說，蔡明亮的電影是對符號域失序的摹寫。在他的影片中不斷出現的滲漏出來的水顯然也隱喻了無法控制的真實域的滲漏——從《青少年哪吒》一開始傾瀉的大雨和積水的廚房，到《河流》中天花板的漏水和疏導，到《洞》裡淅淅瀝瀝下不完的雨和滿溢到臥室的水，到以乾旱季節為背景的《天邊一朵雲》中 A 片

24　值得注意的是，在這幾個例子裡，男性的感官反應與女性不同，往往顯示出相對的冷靜。

拍攝場景用假淋浴器噴灑的髒水，一直到《臉》當中由於水管爆裂而難以遏制的噴湧。水的漫延標誌著固體構築的無能，即符號秩序的陷落。《河流》中父親功能的變異，當然也是符號秩序陷落的另一個標誌。作為符號域的表徵，父親的形象不但不能使符號世界正常運作——即，無法通過現實文明所提供的任何方式來治癒小康的頸病——反而不期地陷入了與兒子的性關係中——在這裡，「亂倫」意味著作為符號秩序的倫常體系的紊亂。張小虹在論述這個父子亂倫的場景時強調了它的「『不可再現性』，在文化與心理層面上『最陰暗的部分』」[25]。很顯然，這個「不可再現」的、「最陰暗的部分」正是拉岡的真實域：那個隱藏著創傷內核（traumatic kernel）的處所，在蔡明亮的鏡頭下若隱若現——蔡明亮試圖觸碰的，不就是最不堪的、甚至無法蠡測的真實域嗎？這個創傷性絕爽構成了真實域的深淵，因為對於主體而言，大他者的猙獰面目超出了心理承受的能力，無法被符號化。於是作為符號他者的父親變異為一個淫穢的父親[26]。因此，《河流》裡的小康父親類似於紀傑克分析過的另一個父親形象，一個「處在（符號）法則約束之外的父親，享受著通往徹底快感的路徑」[27]。

25　張小虹：〈怪胎家庭羅曼史：《河流》中的慾望場景〉，《性／別研究》第 3、4 期合刊（1998年 9 月），頁 170。

26　周蕾在論述《河流》時說「蔡明亮粉碎了（迄今已成為空殼的）父子關係的神聖性」，這個「神聖性」當然是建立在符號法則基礎上的。見周蕾：〈頸痛、「亂倫」場景、及寓言電影的其他謎團：蔡明亮的《河流》〉，《中外文學》第 33 卷第 8 期（2005 年 1 月），頁 186。

27　紀傑克論述的是凡提柏格（Thomas Vinterberg）的影片《那一個晚上》（*Festen*, 1998）中強暴女兒的父親形象。Slavoj Žižek, *The Art of the Ridiculous Sublime: On David Lynch's Lost Highway* (Seattle: The Walter Chapin Simpson Center for the Humanities, 2002), p.31.

蔡明亮電影中符號域的脫序往往也從形式美學的角度來暴露由於真實域侵入而疏漏的缺口。真實域所顯露的無序、失衡與符號域所提供的完整恰好形成了鮮明的對照。從這個意義上說，蔡明亮電影美學體現了紀傑克所謂的「醜的本體論主導性」：「醜的東西終究是（真實域的）存在本身這個殘酷事實」[28]。於是這種美學顯示為《愛情萬歲》的醜學，充斥了從符號秩序滲漏出來的汙點或殘渣，包括作為符號化形象及其空間的汙點──阿美撅屁股搬石頭、嗑瓜子撿瓜子殼、踮腳掛廣告牌、摳牙縫、追打蚊子……的窘態。

　　這種醜態或窘態，可以說是真實域所流露出來的部分，而真實域的核心便是絕爽（jouissance，亦可譯作「痛快」）。而快感獲得超常放大時，一方面追蹤崇高頂點卻無法抵達，另一方面因其多餘無用而具有廢物的特性。這種絕爽在《愛情萬歲》中也表現為「做得甚至有點誇張」的「性愛場面」[29]（蔡明亮語）。這種誇張到極點的性愛場面在《天邊一朵雲》中達到了高潮。《天邊一朵雲》展示的是快感的反諷：當性行為成為強迫和勞役，快感就變成一種責任。而這一點，恰恰體現了拉岡對超我的著名描述：絕爽正是超我對「去爽！」的律令[30]。蔡明亮電影中對真實域的關注，集中表現在那個糅合了痛感與快感的內在領域，這個「絕爽」或「痛快」的概念與「愉悅」

28　Slavoj Žižek, *The Abyss of Freedom* (Ann Arbor: University of Michigan Press, 1997), p.21.

29　〈定位：與蔡明亮的訪談〉，《蔡明亮》（台北：遠流，2001），頁 79。

30　Jacques Lacan, *Encore: On Feminine Sexuality, the Limits of Love and Knowledge, 1972-1973, Book XX* (New York: W.W. Norton, 1998), p.3.

（pleasure）相對。因此，這種「絕爽」接近於巴塔耶（Georges Bataille）在描繪一張 1905 年清末北京的凌遲酷刑照片時所描述的：「受刑人面部表情的狂喜⋯⋯」[31] 這種狂喜恰恰不是真正的「喜悅」或「欣喜」，而是酷痛的強烈刺激所帶來的創傷性絕爽。

在《河流》中，這種痛（快）感來自小康的病痛與墮落，而病痛又似乎是來自小康與陳湘琪性愛的扭曲體態，這使得病痛與快感更加密不可分[32]。整部影片反覆出現小康類似的扭曲表情——在推拿治療時、在針灸治療時、用按摩棒自療時、三溫暖裡父子亂倫的性愛場面中——而這種扭曲表情典型地顯示了痛感與快感之間的曖昧地帶。值得指出的是，父子性愛的場景正是在三溫暖的昏黑幽閉裡表明了這種創傷性快感在真實域中的幽暗與不可顯見。

除了痛感之外，蔡明亮還致力於表現傷感。在《愛情萬歲》、《洞》、《你那邊幾點》、《天邊一朵雲》、《郊遊》及短片《無色》的結尾處，都出現了哭泣或流淚的場景。但如果痛感可以是一種痛快感的話，蔡明亮的傷感也絕非感傷，傷感是和受傷感緊密聯繫在一起的，儘管這種受傷感常常無法確認。《愛情萬歲》中的阿美在與阿榮一夜情之後，為什麼坐在公園的長椅上痛哭？《洞》的結尾處小康痛哭是因為地板上無

31　Georges Bataille, *The Tears of Eros*, trans. Peter Conner (San Francisco: City Lights, 1989), p.206.

32　不少評論將小康的頸病歸於在河水飾演浮屍的結果，但顯然並無必然邏輯聯繫。

法填補的洞嗎？《你那邊幾點》裡的陳湘琪為什麼在巴黎的湖邊獨自涕淚交零？《天邊一朵雲》裡的陳湘琪最後流下一行淚水是因為同情小康嗎？這種直接原因的不明確反而標明了真實域的難以捉摸，尤其是滴下的淚，正如同《天邊一朵雲》中馬路上滲出的水，源自一種深層的、無法言說的創傷內核。

四、沉默的（死亡）驅力

在《你那邊幾點》和《臉》這兩部電影裡，都出現了拒絕光亮的情節：《你那邊幾點》裡的小康母親不顧小康的勸阻，堅持要用膠布封死窗戶上一點點透光的縫隙；《臉》裡的女星（Laetitia Casta 飾）漸次撕下黑色的封條來貼透光的小窗，試圖擋住外面的光亮。對於《臉》的這個片段，蔡明亮自己的說法是「……貼窗口，她貼到最後是死亡」[33]，而《你那邊幾點》裡的母親也是為了保護屋內的亡靈不受外來亮光的刺激，將死亡的氣息密閉在房間裡。其實，蔡明亮的不少影片中都出現了死亡的元素，包括《愛情萬歲》裡小康兜售的靈骨塔，《河流》裡的（假）浮屍，《你那邊幾點》裡父親的突然死去，《臉》裡母親的去世及其後事以及 Antoine 愛鳥的死去與埋葬，《黑眼圈》裡的植物人（貌似是對死亡的模擬）……探究死亡的是蔡明亮探究真實域的一部分——死亡作為一種不可言說的驅力

33　蔡明亮、楊小濱：〈每個人都在找他心裡的一頭鹿——蔡明亮訪談〉，《文化研究》第 15 期（2013 年 6 月），頁 485。

形態成為黑洞般的致命深淵，無時不以生存的陰影浮現出來。

　　幽靈的不散也是蔡明亮的主題之一，但這個幽靈就不僅是真實域的直接體現，同時也是符號他者本身的真實面貌。《你那邊幾點》裡，亡靈般的父親（苗天飾）出現在片尾，漫步在遠離台北的另一個世界巴黎，令人想起伯格曼（Ingmar Bergman）《芬妮與亞歷山大》（Fanny Och Alexander, 1982）裡亞歷山大在地窖裡瞥見已故父親的身影。這便是拉岡所稱的「陽靈」（phallophany）：「陽具……是一具鬼魂」[34]。紀傑克在談到「活著的死者，《哈姆雷特》中的父親鬼魂」時指出，鬼魂總是意味著拉岡意義上的「符號死結」（symbolic deadlock）[35]。也就是說，在鬼魂身上，以父之名為代表的大他者遭遇到了絕境──在已死的大他者形象那裡，符號秩序並沒有消失，但是以失敗的樣貌呈現。《你那邊幾點》裡的父親在影片開始沒多久就離世而去，但苗天飾演的這個父親形象實際上是《青少年哪吒》、《河流》等蔡明亮早期電影的延續，特別因為他通常出現的空間背景──小康家的飯廳──始終不變。那麼，在《青少年哪吒》中扮演了小康（哪吒）之父（托塔李天王）角色的父親（假設觀眾沒有忘記在《青少年哪吒》裡，當小康佯裝哪吒附身時，執行父法功能的父親用一個飯碗丟過去，制止了小康的表演──這個飯碗也可以看作是李靖所

34　Jacques Lacan, "Desire and the Interpretation of Desire in *Hamlet*," in *Literature and Psychoanalysis: The Question of Reading: Otherwise,* ed. Shoshana Felman (Baltimore: Johns Hopkins University Press, 1982), pp.48-50.

35　Slavoj Žižek, *Interrogating the Real* (New York: Continuum Press, 2005), p.64.

擎寶塔的變體），在《你那邊幾點》裡便成為了「陽靈」——
在同一個空間內，他的肉身不再出現，幽靈卻無時不在（母親
相信他撥動了時鐘，喝過了供桌上的陰陽水，變身為蟑螂或魚
缸裡的魚……）。這裡，《哈姆雷特》劇中的三角關係重新浮
現：父親的幽靈成為大他者空缺的能指，主體的焦慮來自對於
母親欲望的誤判，但母親欲望的空缺陽具始終指向父親。像哈
姆雷特一樣，小康試圖與母親（他者）的要求分離，實現自身
的欲望，但他在與湘琪的關係中只能通過對另一個時間的假定
式攫取來迫近時間錯位的真實域。因此，母親所相信的符號化
時間（父親陽靈的時間）實際上卻恰恰是小康的欲望深淵（台
北與巴黎的時差）所體現的不可能的時間（不是父親，而是小
康撥動了時鐘）。湘琪當然是一個奧菲利婭式的小它物，以空
缺的形態才成為小康欲望的原因-對象 [36]。而小康對湘琪的欲望
則成為一種驅力，永遠環繞著時間錯位的黑洞而無法抵達——
或者說，小康的目的似乎不在於冀望真正彌合這個時間的裂隙，
而在於試圖填補這個裂隙的無盡過程，在於不斷與真實域若即
若離的體驗。

　　主體總是為欲望他者所異化而成為欲望主體。拉岡曾說：
「哈姆雷特面臨的是一種欲望……這種欲望遠非他自己的。那

36　拉岡認為奧菲利婭是小它物，是「陷阱中的誘餌，但哈姆雷特並不墜入，首先因為他已受警告，
其次因為奧菲利婭自己拒絕任何參與」（Jacques Lacan, "Desire and the Interpretation of Desire
in *Hamlet*," in *Literature and Psychoanalysis: The Question of Reading: Otherwise,* ed. Shoshana
Felman〔Baltimore: Johns Hopkins University Press, 1982〕, pp.11-12）。

不是他對母親的欲望，而是他母親的欲望。」[37] 在《臉》中，
衰老的母親最初躺在水面的病榻上時，小康用手撫摸她的小腹，
她抓住小康的手往下身移。在蔡明亮的影片系列裡，小康母親
的形象總是和欲望緊密相連：除了《臉》之外，在《河流》裡
她勾引冷淡的情夫（一邊觀看他盜錄的 A 片），在《你那邊
幾點》裡她用枕頭在亡夫的照片前自慰……《你那邊幾點》裡
的小康在車裡狂飲大啖和召妓車震，與母親在家中穿上盛裝在
餐桌上和假想的父親對飲然後在床上和假想的父親做愛，是完
全相應和的。正如哈姆雷特遭遇到的是他者空缺（欲望）的能
指，小康（尤其是在《你那邊幾點》和《臉》中）也只能以主
體的欲望來回應母親（他者）的欲望——這便是拉岡「分離」
（separation）概念的所在。《你那邊幾點》臨近結尾處，小康
清晨回到家中，帶著空虛的肉體（更不用說失竊的手錶箱），
躺到同樣失落的母親身邊，可以說是一個出色的隱喻：分離
的概念恰恰意味著「主體試圖以自身的缺失來填補他者的缺
失」[38]。可以看出，母親不僅是缺失的他者，更是絕爽的他者。
在《河流》與《你那邊幾點》裡，母親的絕爽作為對欲望的虛
擬填補，表明了快感的創傷特性（《河流》裡以翻製 A 片為業
的情人用死亡般的閉眼打盹與沉默回應她的挑逗，而《你那邊
幾點》裡的父親更是無法從遺照上走下來），與死亡的深淵緊

37　Jacques Lacan, "Le séminaire, Livre VI: Le désir et son interpretation, 1958-1959," in *Ornicar?*
25, p.20.
38　Bruce Fink, *The Lacanian Subject: Between Language and Jouissance* (Princeton: Princeton
University Press, 1995), p.54.

密相連。

在《臉》中，這種創傷性絕爽與母親的死亡直接相關：彌留之際的性暗示將快感置於真實域的黑暗。之後，死去的母親也幽靈重現，坐在自己的牌位邊吃供品（另一邊是 Fanny Ardant 飾演的製片人在翻閱一本楚浮〔Fransois Truffaut〕的圖冊，也可以說是作為遺孀的身分在與亡靈／陽靈對話），直到在兒子燒紙錢時才提著行李箱離開，緩緩走下大樓的樓梯。鬼魂享用供品（也令人想起《你那邊幾點》裡父親的鬼魂被母親認定喝了陰陽水），再一次顯示了蔡明亮對死亡與快感的奇特興趣。Fanny Ardant 與楚浮的關係（對蔡明亮而言，楚浮當然是一個父親大他者）暗合了小康母親與父親的關係。鬼魂也凸顯了作為符號自身的真實性創傷，以至於我們陰間和陽間的區分變得模糊。母親鬼魂的出走則意味著大他者鬼魂的最終退場（儘管依舊穿著雍容華貴的盛裝）。

反覆出現的死亡與性愛的交糅，體現了絕爽主體在蔡明亮電影中的普遍意義。在《洞》的後半部，楊貴媚身處一片腐爛氣息的房間裡，一邊撕下早已剝落的牆紙並躺倒囤積的衛生紙堆裡，一邊跟水管工打著性愛電話，把撕落牆紙的聲響說成是在脫衣服。甚至，她說「我看到你挖的那個洞」時，也不無挑逗意味的性指涉。不過，緊接著說「你的眼睛在看我」則暴露了對陽具的想像變幻為對空缺小它物凝視的捕捉：性愛也不再體現為對陽具的拜物，而是符號大他者的消解。

在《黑眼圈》裡則出現了流浪漢與茶室女傭失敗的性愛過

程：他們在濃密的煙霾裡擁吻，最後卻嗆得咳嗽不止，不得不各自以衣物和口罩掩鼻而中斷。這裡，病態甚至迫近死亡的生存環境儘管是性愛行為的極大障礙，卻在某種程度上也不無表現出外在刺激所引起的諸如喘息、扭動、翻滾等多重效果的身體反應，以至於某種瀕死的氣息與性愛的激烈混合在一起難以分辨。這部影片裡還出現了植物人的形象，從某種意義上也是死亡形象的體現。蔡明亮安排了一場茶室老闆娘拉住女傭的手為植物人手淫的場面，把真實域的不可能性推向了一個高潮。

《臉》中的施洗者約翰形象，在莎樂美的原型故事中本來就與暴力、血腥、性愛有密切關聯（莎樂美要求賜死施洗者約翰之後，親吻他被割下的頭顱）。在影片中，飾演莎樂美的Laetitia Casta為浴缸裡小康蓋上透明塑膠布，潑上摹擬鮮血的番茄醬，在沉默中跳起七重紗衣之舞。儘管沉默並不意味著絕對的無聲，但蔡明亮提供的版本不同於理查·施特勞斯（Richard Strauss）歌劇《莎樂美》（*Salome*）中著名的〈七重紗衣之舞〉樂曲之處，在於音響效果是以鎖鏈的嘩啦啦碰撞聲為背景。對透明塑膠布與番茄醬的使用則令人聯想起費里尼在《我記得，想當年》（*Amarcord*, 1973）、《卡薩諾瓦》（*Casanova*, 1976）、《揚帆》（*E la Nave Va*, 1983）等電影中，刻意用塑膠布鋪展覆蓋並摹擬波浪起伏，以代替真實的海面。番茄醬對鮮血的模擬同樣避免了寫實的窠臼，加上沒有音樂的舞蹈，一同強化了布萊希特（Brecht）式的疏離美學效果。甚至可以說，鎖鏈的聲音更加強化了冷凍庫的寂靜空間——有如王籍〈入若

耶溪〉詩中所言的「蟬噪林逾靜／鳥鳴山更幽」。靜默和無言也成為蔡明亮電影中十分顯見的對於真實域的迫近。

　　儘管《不散》是對武俠片的一次致敬，但也表達了蔡明亮的空間美學與主流武俠片空間美學之間的對話與差異[39]。《不散》中的影院裡，大屏幕在放映舊武俠片《龍門客棧》（胡金銓導演，1967），片中乒乒乓乓的打鬥聲與戲外空間的靜默形成了強烈的對照。《龍門客棧》裡充滿了武器與肉身的直接搏擊，形成了某種具有互動姿態的身體美學；而在銀幕外，陳昭榮飾演的台灣觀眾與三田村恭伸飾演的日本觀眾在影院的狹小走道裡互相遭遇、面對、閃躲、錯開、迂迴、擦肩而過……體現出一種另類的具有互動姿態的身體美學[40]。這也令人想起拉岡在研討班11期（《精神分析的四個基本概念》）上曾經舉過的一個例子：

　　　　京劇十分出色的地方──不知道你們是否看了他們最
　　　　近的訪問演出──在於武打的表述方式……在他們的
　　　　芭蕾般的舞姿中，沒有任何二人互相碰觸，他們運動
　　　　於不同的空間，並在其中展開一系列姿態──這些姿

39　孫松榮用「『後電影』的影像動能」來概括《不散》在蔡明亮創作系列中的地位，敏銳地指出了這部影片「開啟了台灣電影也是華語電影在當代全球藝術電影的一種嶄新視域與範式」。那麼，《不散》對新的範式的建立，首先是對經典範式的重寫，將一般意義上的電影與具有當代藝術特性的裝置展示嫁接到一起：「蔡明亮重新模塑與調製《龍門客棧》的一件影像成品」，「是在異質時空裡衍生出的另類異質時空」。見孫松榮：《入鏡／出鏡：蔡明亮的影像藝術與跨界實踐》（台北：五南，2014），頁100-103。
40　類似的雙人之間微妙的身體（包括眼神）關係最早出現在《愛情萬歲》中阿美與阿榮在街頭互相勾引的場景。

態在傳統的打鬥中是持有武器的，意味著作為威脅性
工具的效用。[41]

　　拉岡在這裡（1964 年 3 月 11 日的研討班上）提到的京劇
很可能是類似《三岔口》這類的傳統武戲。1964 年 2 月，中國
藝術團為慶祝中法建交赴巴黎演出，劇目包括多種傳統京劇，
包括與拉岡的上述描述較為接近的《火鳳凰》、《雁蕩山》等。
更早些時候，1955 年 6 月，中國藝術團參加巴黎第二屆國際戲
劇節，在巴黎舉行首次演出，張春華、張雲溪、葉盛蘭、杜近
芳等演出了京劇《三岔口》等劇目。《三岔口》中最著名的段
落就是劉利華與任堂惠摸黑打鬥的場面，通過一系列近在咫尺
卻又擦肩而過或失之交臂的武打動作，展開了某種欲望般的張
力空間。打鬥過程只有程式化的鑼鼓音響，並無其他音樂或台
詞；在最緊張的段落，甚至鑼鼓聲也停息了，只剩下靜默與純
粹的動作表演。拉岡意圖說明的是，在這缺乏「互相碰觸」的
運動空間裡，形成了一種欲望般空缺的神祕魔力，有如凝視一
般抓住了觀眾的注意力。之所以說是欲望般的張力空間，是因
為京劇武戲的祕密在於那種咫尺之間錯失的武打效果，使得成
功擊打的欲望與擊打過程中的實際偏差之間形成了一道無盡的
縫隙。正如《三岔口》的高潮部分的寂靜一樣，在《不散》的
這個段落裡，只有偶爾的腳步聲和兩三句言語打破沉寂。很顯

41　Jacques Lacan, *The Four Fundamental Concepts of Psycho-Analysis* (New York: Norton, 1978), p.117.

然，聲音的虛空間隙與身體之間具有欲望張力的虛空間隙（無論是在《不散》中還是在《三岔口》中）同樣具有小它物的致命吸引力（《不散》中二人拿的香菸也與《三岔口》中二人拿的刀劍遙相呼應）。《愛情萬歲》中小康與阿榮在同一間大樓公寓的空屋間摸黑彼此躲避窺探的場景，也與《三岔口》的場景頗有相近的意蘊。

也是在這個意義上，蔡明亮電影中慣用的靜默效果與侯孝賢《悲情城市》中文清的喑啞產生了根本的區別：文清的喑啞代表了尚未被語言化、符號化的原初存在，是侯孝賢對想像域混沌世界的懷舊式致意，而蔡明亮電影中的靜默則是符號化世界中塌陷的黑洞，威脅著符號域的正常運作。《愛情萬歲》中阿榮與阿美第一次的邂逅、勾引、同行，直到上床，也都依賴於肢體和眼神，沒有任何語言。而小康由於對於阿榮的同性情愫無法安置到公共的語言體系中，或者說，處於無法符號化的真實域中，所以基本也處於失語狀態。而在《河流》中，作為符號秩序的語言體系愈加失效，夫妻之間、父子之間、乃至情人之間，都出現了嚴重的（並非基於生理的）語言交流障礙。例如，小康父親接小康母親去醫院看兒子的場景裡，小康父親沒出電梯，小康母親跑進電梯後，二人既無語言交流，亦無眼神交會，只是隔著冷漠的間距同時面朝外，直到電梯門緩緩關上。在這部影片的另一幕場景中，小康母親在沙發上對她的情人調情，情人睡眼惺忪幾無回應。當然，更典型的便是父子之間的語言聯繫。在《河流》整部影片中，小康騎機車跌倒過兩

次，每次都有父親在場，父親總是以嗔怪的方式來關懷，而小康每次都不予回應，沉默以對，直至最後才咕噥出一句：「不要管啦！」蔡明亮致力於表現父的話語在建立符號權威，以及在建構穩定符號體系的過程中所留下的裂隙——而這種裂隙往往正是小它物閃現的契機。失語，在這裡可以看作是語言體系中間難以填補的社會溝壑，標明了對真實域的探索以某種碎片化的後現代方式在蔡明亮電影中的主導作用。

在《愛情萬歲》中，人際的語言交流集中充斥於商業行為的過程中。比如阿美雖然在跟阿榮的交往中保持無語（除了對阿榮匿名電話的簡短回應），但推銷住宅時卻採取了頗為進取的話語方式（無論是電話還是當面），聲音在空蕩的房間裡顯得特別清亮。小康把阿榮帶去靈骨塔參觀時，我們也可以看到（聽到）另一位推銷靈骨塔的銷售員在喋喋不休地推銷。不管是用來推銷活人還是死人的空間，語言構成了作為符號域的商業體制。而人與人之間的真正交往，卻暴露出這個符號域無法規整的心理暗室。因此，與楊德昌的不同，蔡明亮電影中的符號秩序，呈現出強烈的反諷意味，無時不被隱在的真實域所侵襲，而無法維持其完整的面貌。正如《愛情萬歲》中的推銷意味著滯銷，而納骨塔則被描繪為豪宅（可以用來打麻將）；《河流》中治療小康脖子的醫術和法術在表現上沒有什麼差別，充滿了神祕的幽靈氣氛；而在《洞》和《天邊一朵雲》中，修繕管道或修築馬路實際上變成或導致了毀壞，那個地板／天花板上的洞和那個馬路上拔出鑰匙後留下的洞，以拉岡意義上難以

蠡測的凝視來呈現出小它物的神祕面貌，也正可以看作通往真實域的陰暗入口。正如大衛·林奇（David Lynch）電影《藍絲絨》（*Blue Velvet*, 1986）開頭從草叢中拱出的爬蟲對紀傑克來說意味著真實域的洶湧[42]，《洞》裡那一隻從天花板的暗洞中爬出的蟑螂，《天邊一朵雲》中那一股被小康從馬路上拔出鑰匙後留下的洞裡滲出的水，無不隱喻了真實域的暗流湧入了符號化的現實。

真實域的這種創傷內核在《洞》這部影片裡獲得了最精確的表達。這個出現在地板或天花板上的洞，當然就是真實域的一個隱喻；不過真實域深藏其中，洞僅僅是以凝視的方式讓我們感受到小它物的致命吸引。對於影片中的李康生和楊貴媚來說，這個既誘惑又威脅的洞具有真實域潛在的吞噬力量。因此，電影《洞》展示了一種圍繞著真實域的黑洞重複運動的驅力（drive），驅力成為永無滿足的欲望，失敗的欲望[43]。按照紀傑克的說法，我們可以在這裡看出蔡明亮的後現代主義美學展示出主體與真實域黑洞之間「『不可能』關係的極端含混性」，相對於現代主義的「直接到終點」的不妥協態度：

> 欲望和驅力之間的對立因此也就是兩種相反態度之間的對立：一種是「不跨越」，尊重大他者的祕密，在

42　Slavoj Žižek, *The Metastases of Enjoyment: Six Essays on Women and Causality* (London: Verso, 2005), p.115. 另外，紀傑克在電影 *The Pervert's Guide to Cinema* 中也論述了這個片段。
43　有意思的是，《洞》裡出現了一個在地上亂爬然後鑽入菜市場牆壁黑洞中的瘋子（最後像野獸一樣被縛住抬走），顯示了直接進入真實域的後果──瘋狂。

快感的致命領域前止步的態度，另一種是「直接到終點」，無條件地、不管所有「病理學的」考慮而堅持自己的道路。這難道不也正是現代性和後現代性之間的對立嗎？「直接到終點」的堅決態度難道不正是現代嚴格主義的基本特徵，而後現代態度則不正是由主體和原物之間的「不可能」關係的極端含糊性所標誌的嗎（我們從原物中獲取能量，但是如果我們離它過近，它那致命的吸引力就將吞噬我們）？[44]

不過，蔡明亮的電影在揭示了驅力永無止境地圍繞著真實域的黑洞但無法抵達的同時，也展示了另一種對黑洞的填補：幻想。《洞》穿插了五段在葛蘭歌曲的背景上展開的歌舞場景：華麗的、浪漫的或興高采烈的李康生和楊貴媚超越了現實的困境。然而，幻想被揭示為幻想，歌舞片段由於同現實場景的過於明顯的衝突而形成巨大的反諷。這裡，用紀傑克的話來說，蔡明亮所做的是「將通常由幻想支撐的現實感解體為一方面是純粹的、冷漠的現實，另一方面是幻想：現實和幻想不再垂直地相聯繫（幻想在現實之下支撐它），而是水平地相聯繫（並列）。」[45] 同樣，《臉》中歡快的歌舞片段（重現了三〇年代的老歌《你真美麗》）夾在 Antoine 把雪地上受傷的小鳥捂在

44　Slavoj Žižek. *The Plague of Fantasies* (London: Verso, 1997), p.239.
45　紀傑克這段話評述的是大衛‧林奇的電影《妖夜荒蹤》（*Lost Highway*）。見 Slavoj Žižek, *The Art of the Ridiculous Sublime: On David Lynch's Lost Highway* (Seattle: The Walter Chaplin Simpson Center for the Humanities, University of Washington, 2000), p.21.

懷裡和女星用黑膠布封死窗戶這兩個段落之間，並且出現了 Antoine 垂頭睡著在椅子上的前景，加上舞者的童話式裝扮，充分顯示出夢幻的特質。更重要的是，歌舞表演是在布滿鏡面的樹林中進行的，鏡像和鏡像的破碎造成了幻影的建構和裂解。歌舞場景退去後，鹿出現在樹林間的鏡子迷宮裡並且撞擊鏡面，與 Antoine 相呼應。這個鏡頭（以及樹林與鏡子間歌舞場景）的視覺效果酷似馬格利特的超現實主義繪畫《放任》（*Le Blanc Seing*, 1965）：鏡像的加入以超現實幻景展示出想像域完美的不可能。

而在《天邊一朵雲》中，歌舞本身就展示了反諷的喜劇。《天邊一朵雲》中的歌舞片段和《洞》的歌舞片段有非常大的不同，如果說《洞》的歌舞是通過與歌舞片段之外的現實場景相對照時才顯出它們的反諷意味，那麼《天邊一朵雲》中的歌舞自身就是誇張搞笑的、通過豔俗的場面來進行戲仿的。比如一段在蔣中正雕像前的豔舞，無情地解構了性-政治符號的權威意涵：挺立的領袖銅像作為陽具符號本來是具有強烈的去勢功能的，但在「這就是我倆愛的開始，就是我倆愛的關係……永遠難忘記……要什麼都給了你」的歌聲裡，在眾多小型陽具模型（去勢的能指）的包圍下，在豔舞女郎的挑逗撫摸下，變得荒誕可笑。而「這就是我倆愛的開始……永遠難忘記」的歌詞，也不禁讓我們疑惑：究竟「難忘記」的是什麼？是威權統治的歷史？是深藏在真實域中的創傷記憶？「我倆愛的關係」暗含了什麼樣的主奴關係？「要什麼都給你」的社會又是一種

怎樣的嚴酷現實？

而影片《洞》末尾的雙人舞則在非現實的衣著與現實的背景下展示了某種幻想的認同。如果我們把洞（地板）的另一邊看作是鏡面的另一端，那麼李康生也就有理由將洞另一側的楊貴媚視為自身的鏡像。在《洞》的結尾處，李康生將楊貴媚從樓下穿過洞拉上來，便無異於一種對鏡像的想像性同一。在拉岡關於 RSI 三角圖式中，從真實域向想像域的回歸，Φ（陽具符號）穿過某種壓抑狀態，抵達自我同一。作為陽具的女人身體正是拉岡理論中重要的一環，因為「她整個的身體成為陽具以補償生殖器官的『缺失』」[46]。Φ 所依附的矢量從 R（真實域）到 I（想像域），按照紀傑克的說法，體現了「真實域的想像化」，是「實現了噁心的快感」[47]的奇觀意象。同樣，在《河流》的結尾，我們看到歪著頭的小康穿越作為鏡面的門，如同走入自己的鏡像，似乎意味著穿越黑暗的孤獨而抵達自我。在這裡，之所以門的另一端可以看作鏡像的另一端，是因為小康走向門的另一端，似乎意味著與自己取得了某種妥協，獲得了某種安定。而《天邊一朵雲》的末尾，李康生的性器穿越窗口與陳湘琪口交的那一幕，是否更可以看作是與鏡像的想像性認同？從某種角度看，這個有孔的窗口也可以理解為符號域的一個缺口，這個口交場景似乎亦可解讀成突破符號域進入真實域的瞬間；

46　Elizabeth Grosz, *Jacque Lacan: A Feminist Introduction* (London: Routledge, 1990), p.133.
47　Slavoj Žižek, *Looking Awry: An Introduction to Jacques Lacan through Popular Culture* (Cambridge, Mass: MIT Press), p.135.

不過，男女主人公在一定意義上的完好身體交合卻並沒有最終開啟黑暗的創傷內核。換言之，這貌似是一個終極和諧的場景，儘管經歷了種種挫折感。假如沒有窗的隔絕，這個場景會顯得更加平實；但事實上，李康生對窗外陳湘琪的久久凝視有如從鏡面久久凝視自己，這個鋪墊使得最後的場景完成了理想自我的完整。

　　無論如何，這種「真實域的想像化」在蔡明亮的電影中是以反諷式的和諧顯現的。一次毫無來由、突如其來的「團圓式」解決，似乎無法翻轉全片的氣氛，反而可能凸顯了這種對想像域回歸的荒誕。也就是說，對「真實域的想像化」的反諷式處理更強化了真實域令人恐懼的險境，它的不可能性。蔡明亮影

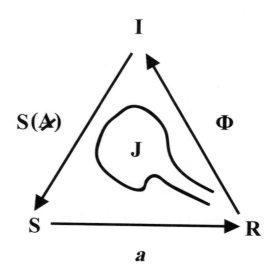

片中所表達的拉岡式的不可能性，也就是阿多諾在闡述貝克特（Samuel Beckett）戲劇時所論及的「無意義性」[48]。所謂的無意義性，便是現實符號秩序所規定的意義的缺失或喪失：符號化失敗的瞬間，也就是真實域的創傷內核外洩的瞬間。比如《愛情萬歲》中小康的割腕，並不提供任何符號化的意義，或者說，不具有任何符號性的敘事邏輯，既無前因，也無後果，透露出只是無以名狀的創傷。在蔡明亮電影中，這樣的例子不勝枚舉：《你那邊幾點》結尾處飄在杜樂麗花園湖面上（後來被小康父親用傘柄勾起）的箱子是怎麼回事[49]？《臉》臨近末尾 Antoine 怎麼會從畫廊下方的牆洞裡爬出？……蔡明亮並不把這些段落有機地綴入符號化的邏輯脈絡中，而是通過破碎或斷裂的能指網絡，凸顯了其電影美學的基本要素：直接呈現創傷性的「不可能」或「無意義」，從而體現出真實域原物的永恆謎團。

48　Theodor W. Adorno, "Trying to Understand Endgame," *The Adorno Reader*, ed. Brian O'Conner (Oxford: Blackwell, 2000), p.322.

49　這個來歷不明的神祕箱子令人聯想到紀傑克在詮釋「小它物」概念時引用西區考克（Alfred Hitchcock）對「麥高芬」（MacGuffin）──電影中推動情節的某種手段或元素──的一個故事。在列車上，旅客甲問旅客乙：行李架上那個旅行袋是什麼？旅客乙答道：是「麥高芬」。旅客甲又問：什麼是「麥高芬」？旅客乙回答：是用於蘇格蘭高地的捕獅器。旅客甲說：蘇格蘭高地沒有獅子啊。旅客乙回答：那它就不是麥高芬。見 Slavoj Žižek, *The Sublime Object of Ideology* (London: Verso, 1989), p.183. 那麼，旅行袋也好，「麥高芬」也好，也可以甚至什麼都不是。

每個人都在找他心裡的一頭鹿

心裡的一頭鹿

—— 蔡明亮訪談

◆

　　2010 年 2 月 8 日，訪談在台北縣中和市蔡明亮和李康生、陸弈靜三人合開的「蔡李陸咖啡行」進行。他們的咖啡行主要是賣咖啡豆，也有幾個咖啡座。我進門時，一個年輕女子正在專心致志地挑選豆子。不一會兒，蔡明亮騎著摩托到了門外。

楊：蔡導好，你住得不遠吧？
蔡：不遠，我現在住小康（李康生）的對面。串門很方便。
楊：如果坐公共交通會被人認出來嗎？
蔡：常常會啊，很尷尬。有一次在火車上剛想坐下，就聽邊上的人說：不好意思，蔡導演，這座位有人了。
楊：呵呵。（蔡明亮去煮咖啡）你是很早就開始對咖啡感興趣嗎？
蔡：是啊是啊。
楊：是因為馬來西亞那邊有很多？
蔡：對，因為是英國的關係，殖民地的關係。當飲料喝，咖啡在當地又便宜。也有印尼進口的咖啡。
楊：我記得在《愛情萬歲》裡面，小康走到咖啡館裡面，要了一杯藍山咖啡。
蔡：對。就是當時陸弈靜開的，她是我們的合夥人。

楊：我以為是藍山咖啡的廣告。

蔡：沒有。她開了二十幾年，是一個很好的烘焙師傅，所以我把她找出來。

楊：你也很會做配咖啡的小甜餅啊。這些都是需要技術的吧？

蔡：有一點點，非常簡單，習慣就好了。它主要是品質好，用什麼方式煮都差不多。可是這個煮法比較不會燥，因為你可以控制水溫，水溫都是自己在控制，水量、水溫要控制得好。不要加糖也不要加奶，你試試看。我這個水少了。

楊：味道是很純。

蔡：很純，很順口。

楊：你現在喝的是菜單上的哪一種？

蔡：綜合，它的口味比較適中。

楊：嗯，很好喝。

蔡：而且我們的咖啡，經常喝也不會睡不著覺。

楊：所以你也不會因為喝咖啡失眠？

蔡：我失眠會，不過不會是因為咖啡。

楊：是因為什麼？

蔡：我在台北不太想睡覺，就是睡得不好，要很晚才睡。在歐洲就很正常。我可能就適合凌晨睡，所以到了歐洲我大概12點就想睡了，很快就睡著了，很奇怪。

楊：我也是很晚才睡，大概要到三四點。

蔡：我也是差不多。

楊：這個是自願的吧？並不是因為睡不著？

蔡：對，也有，就不太想睡。其實真的要睡，也睡不著，就是
　　一個習慣。

楊：拍片的時候？

蔡：拍片有工作量，所以身體還是會累。拍片十個鐘頭都有的。

楊：那你的習慣是從一早就拍還是？

蔡：看班。看拍的內容。

楊：你除了拍電影還有沒有很多其他的興趣？業餘愛好？除了
　　這個咖啡還有沒有別的呢？

蔡：這些也不是說常常做……

楊：咖啡就已經變成一個半職業？

蔡：有一點，也不太算。

楊：主要還是興趣？

蔡：對。做菜也是，做飯，就會覺得腦袋空的，其實我最近腦
　　袋都常常是空的。因為你做東西都要專心的，你不專心根
　　本就做不好，一樣的材料，就是拿捏上，看怎麼做出來。
　　做飯也是這樣。除非很忙，除非拍戲或者很忙的時候不會
　　做飯。平常就會回家吃飯，自己做。

楊：都自己做嗎？

蔡：對，都自己做。或者是住小康家附近，就上他家吃飯，我
　　也會做點東西過去，很習慣了。

楊：所以他還是住在那個你電影裡面拍的那個地方？

蔡：對，他住那裡，跟他媽媽住。我住他附近。

楊：那你一般做的話是做什麼樣的菜？

蔡：不一定，就是市場上買了什麼就做什麼，都可能。

楊：沒有一個菜系？

蔡：沒有。

楊：不是馬來西亞口味的？

蔡：也會做咖哩啊，隨便做啦，其實沒有什麼限制。也會看看食譜啦，也會看看做菜的電視節目啦，可是到了市場上也就是買喜歡吃的菜。

楊：接近於中國的還是接近於馬來西亞的？

蔡：中國的。因為馬來西亞的菜要有材料。

楊：香料？

蔡：對，香料，或者一些蔬果，這邊不見得有。

楊：那你最近還在拍別的電影嗎？

蔡：沒有，也沒有真的休息，還在跑片，還在演（《臉》），還有一些演講。昨天還去了台北總統府，馬英九來看。

楊：他能看懂嗎？

蔡：無所謂……無所謂。基本上很不容易，你要看懂不太容易。但他們也可以領略到一些，我覺得平常不會遭遇的事。

楊：每個人都不可能說很懂，懂也根本不是一個標準。

蔡：我猜他還是有一些知曉的地方。

楊：那還可以。

蔡：當時還有一些法國的外交人員也來了，那個外交官是常看電影的。他事先有做一些說明，講得還不錯。

楊：法國駐這裡的文化官員很積極的。

蔡：對。上次遇到一批法國的考察團，剛好來亞洲，來看這邊
做得怎麼樣，剛好遇到我，那時《臉》還沒演。我就請他
們去總統府看，他們都來了，就真的來參加了，還滿熱情
的。

楊：嗯，那我們就開始吧。剛才我在講，我其實一直也很反對
一種說法，就是「看不懂」你的電影。因為我本身也寫詩，
我是詩人。我也很反對說現代詩看不懂。我覺得《臉》這
個電影，其實也差不多，有人會說看不懂。可是我喜歡那
裡面恰恰就是那些在那個情節整體之外的部分。比如說我
就注意到在叢林邊遺失的那隻小鹿，到影片最後的時候才
會出現，但是我不能確定它代表了什麼。這個也許是一個
看不懂的部分，可是它和整個影片的氛圍是很合拍的。也
許它不需要明確說明什麼，就是說一定要有一個確定的意
義，我覺得不必要有什麼來解釋的。那麼這個靈感從哪裡
來的？還是說你平時比較喜歡鹿這個動物？

蔡：鹿喔？

楊：最後不是有出現，好像找到了嘛？

蔡：我覺得那種出處可能就是因為，平常我也不會去想到鹿。
其實這個象徵太直接了，很直接的，放在這個電影就非常
直接的，它最後出現了，或者不見，這個東西掉了。

楊：這個電影也常出現的？

蔡：對，一直有，演員跑了，後來逃走了。亞當那個角色也掉了。
好像整個影片都有一些東西會相互連結，不見得是那麼直

接的。有時候拍的時候，拍完會看一下嘛，看的時候有些東西會跑出來。這樣的東西是不完全被駕馭的，通常有一個習慣，比如說我特別會強調手，一些手的表演。比如說小康的手，在媽媽肚子上。或者後來那個女演員，唱著那個歌拉著他的手，摸他的手。大概整個影片都有這種，不會只是出現一次的。我也許想讓它出現兩次，結果它出現了五次。我就說這樣的東西，你不能完全駕馭。所以我常在拍電影的時候去看場景，去了解。我不覺得那個空間只是作為我一個拍片的背景。它本身要有生命，建築之間要有空間感，或者是生活的韻律感。我講遠了，我就是說每一個事情都是很認真的在幹，可是我也不會知道它會跑到哪兒。像那種象徵，他們都會問我，像水啦，鳥啦，都有，都在我的設定裡面，但它有時候會跑出去，或者說我覺得這個就是我電影的效果，是一個部分。

（這時李康生進門）

楊：要不要一起？

蔡：他在忙。

楊：也可以採訪他一下？

蔡：待會兒再問好了，他在搬家。

楊：他們覺得演員可能說不出什麼，可是我覺得他也做導演。

蔡：對，所以像鹿的那種象徵，我覺得它其實，因為我整個影片也都在幫助觀眾，怎麼去理解。要表達的意涵，總是藏在裡面。比如說，我覺得這個鹿的出處是因為我被丟到西

方的美術館，西方的美術館到處都是鹿，他們的繪畫，他們的雕塑。

楊：對，其實我在想為什麼不是馬，或者是羊。

蔡：也都有，但是鹿對我來說，鹿本身丟到西方的神話，它很象徵。它太象徵了，就是那種生命之王。在荒漠裡，比如說樹林裡，我覺得這裡面有那頭鹿。神話裡面也很多。

楊：所以我說很契合這個電影的氛圍。

蔡：因為整個影片被丟到了西方的概念裡。還有一個東西是莎樂美的故事是沒有鹿的。或者任何一個詮釋不會出現鹿，可是我自己覺得我不是要拍莎樂美，我覺得我是拍一個丟到一個陌生的西方世界。所以那種調真的很快就跑出來了。包括像我講這部電影，有一個最早的元素，比莎樂美更早的元素，就是那個聖人，他要被砍頭的，最後李康生感覺自己像是被砍頭。這個角色是繪畫裡面常常會畫到的一個聖人，他叫施洗者約翰。但我最早有興趣，因為那麼多畫嘛，那麼多藝術品。我真的不知道從哪裡，我就一直看一直看，當然裡面有很多故事被閱讀到。因為導覽也在，就跟我講。每一個時代都在畫，不同的表現。那施洗者約翰隨時會看到，比如說達芬奇那三幅畫裡面，中間的那個，旁邊那個聖母聖靈也有他，因為他有跟耶穌在一塊。那我覺得這個角色很有意思，因為他是先知，然後他又是殉難者，他的殉難是被莎樂美砍頭，要求國王把頭砍掉。這變成一個很血腥的而且欲望很強的故事。先是他來，後來才

有一個莎樂美。那怎麼樣去處理這個使我頭痛的事情呢，因為我很不想拍成一個耶穌的故事，或者是很制式的像猶太、雅典的那種，我覺得那個恐怕我做了會不像。我在思考說，如果要做到底怎麼做，或者找誰來演。我中間有一度覺得說，這個聖人是看不見的，觀眾最好不要看見他。現在看見好像也不知道是誰，我甚至還有一度說萬一真的要有一個來演這個角色，最好找陳冠希。但是陳冠希，我在寫劇本的時候，他就鬧了這個豔照門的事。

楊：這個是之後？

蔡：之後。我在寫這個他發生的那個事。那時候已經有這個想法，啊呀，我要找他來演。因為我很受不了媒體，就試著對這個事情的某一個態度，我說陳冠希也不過是個肉身，你不管對他的觀感怎麼樣，可是如果放大了一個位置看，他其實可以當一個聖人的概念來處理。當然，我找不到這個關係（來找他），後來我就想，最後我還是決定有一個人來，可他不確定是不是他，好像在演他，又好像不是。就是那個黑黑的，那個馬來人。而且我後來決定用他之後，法國那邊因為經費的問題，他們想減，不要我在外國找人來演，他們有演員，而且補助。所以，就必須要有角色上的分配，比如說屬於法國的要多少人，那就不需要很多。好像法國那麼多帥哥，像聖人的，隨便找一個。我堅持不要，我要他。因為心裡面有一個東西是說只有這個人才合適。

楊：嗯，你要求你電影的完美？

蔡：對對，那些就回掉了。而且他是我的演員，一定要他來。他其實不知道他要演什麼，他就來了。我還是要跟他講，你可能要演這個聖人，所以你要脫衣服，不穿衣服。但是中間有一個點是跟鹿有關，有時候我覺得這個鹿也就是這個聖人，在我的概念裡面。所以莎樂美唱那首歌的時候就對著一個鹿在唱，她唱「我的心裡只有你沒有他」。後來那個鹿就跑掉了，她就醒來，好像在找一個東西，她在找這頭鹿，後來隱約聽到，那個製片就發現鹿真的不見了，大概是這樣串起來的。聖人就一直在轉，鹿也有點這個概念。但是到後來，我覺得它，這個動物因為它太逼真了，它很容易就轉到比如說尾巴又出來的那個感覺。我原來劇本裡面有一個台詞被我刪掉了：「每個人都在找他心裡的一頭鹿。」

楊：很感人。

蔡：但是我拿掉了，我不想講這個話，我就不太喜歡有太清楚的東西在裡面。

楊：非常有意思，很有啟發。其實你已經回答了我下面的一個問題，關於莎樂美的。因為莎樂美這個故事跟愛和死亡之間的關係。這兩個東西合在一起也跟你的理念裡面，經常有著某種趣味，比如說一個是動物，一種痛感和快感融合在一起的感覺，像莎樂美決定要去愛一個人，但是又要把他殺掉的感覺。

蔡：對，我覺得愛一個明明知道不可能得到的人，你要追求也沒有用。我覺得中間還有一個權力的問題，我覺得，就好像是跟上帝來搶人。我覺得這個中間是一個，莎樂美的故事可能吸引人的就在這個點上。

楊：另外我覺得莎樂美的形象一方面塑造那種唯美的，一方面她也有一種色情的東西在裡面。像你電影裡這種女性色情的戲或多或少在楊貴媚——像《愛情萬歲》裡面的楊貴媚、《洞》裡面的楊貴媚，《天邊一朵雲》裡面的楊貴媚——身上都或多或少有一些色情的戲。所以這個可能是你試圖把一個不相容的或者是不協調的東西把它糅合在一起，我覺得這個也是滿有意思，是不是這個也是晦澀的一種原因，你故意要把這種類型把它打破掉？

蔡：我覺得我的電影大體的困難，不是困難，就是說不太喜歡是因為觀眾的習慣只在電影看一個角色。我只是我不提供一個角色，我是提供一個人給他觀察。可能是他自己，我覺得他們不太容易投射到他自己，有一些層面上。

楊：就是他不願意承認這個？

蔡：對，他會希望有個替代品，潘金蓮就潘金蓮，貞烈片就貞烈片。他不覺得說這兩個是在一起的，每一次拍這種電影就弄得很掙扎。我說也是看機會，可以關起門來就不掙扎，常常會覺得是這樣子，人嘛，在某些地方有很多多樣性。所以我不曉得，我在處理這個戲，它有一些原型是來自於我的生活裡面。比如說我的祖母啦，我的外婆啦，或者我

的阿姨啦，或者是，我外婆開過賭場，她賭場裡面的那些女人，就很潑辣的。那時候已經暴奶，大概我小時候，六〇年代，因為熱帶嘛，穿得比較少，那些豐滿的女人，老公、老婆都是鼓鼓的就來我們家打牌，也會發生桃色事件啦，當場就罵髒話了。外面圍著一堆人在看，我是小孩子我很自卑，比如說丟臉，可是又很害怕。但是我覺得這些形象都會變成是我後來對女性的處理，都比較強。

楊：所以馬來西亞也沒有那麼很封閉，生活裡？

蔡：沒有，他們生活那麼苦，也不封閉。比如說表面上，現在可能是壓抑，宗教的壓抑很嚴重，在六〇年代我覺得還好。

楊：生活風化，照你這種說法還好？

蔡：我會感覺到說不是開放，都有，相容。就是說你看起來，比如說我從小記憶一個很深刻的事，有一個女的賭徒，她穿那種很保守的衣服，比較那種高領的鈕扣，可是她有一天跟我外婆講，為什麼她要講，因為她們都在簽牌，就是現在的六合彩，可是那時候是在買是用那種四色牌，就是有車、將軍、象、馬，就是有點象棋那種，它是一種牌。他們在簽賭，簽賭的時候通常都要用夢來解夢來求字。他們就每天求，見到人就說我昨天作了什麼夢，這個夢代表幾號。那我就曾經聽到那個看起來保守的女人，她就跟我外婆說她夢到她被一個男人打她的乳房。你知道我意思嗎？其實你會覺得很保守，看起來，可是其實她並不是。我閱讀起來了，我自己的經歷就感覺，因為我從小就聽到

他們講的亂七八糟的事情嘛，我也覺得很正常，很自然。所以，後來我覺得我自己處理影片的那些女性，就不會那麼單純了。特別在性這方面，還是很需要。

楊：但是你致力是挖掘這個方面？

蔡：對，有時候還是主動，通常都是採取主動的態度。

楊：嗯，《愛情萬歲》裡的楊貴媚就是比較主動的，《天邊一朵雲》裡的陳湘琪也很主動。那說到所謂的不確定性，捉摸不定、閃爍不定夢幻般的，我覺得其實不光是女性，像你對表情的處理，像小康在《河流》裡面那個表情我覺得，因為我看到他在推拿時候那種痛苦的表情，在針灸的時候。可是在性愛場面中的那個表情，其實跟針灸的表情也沒有差太大。就是這個快樂跟痛苦其實完全是融合在一起。我不知道這是不是個人的偏好，就是去表達那樣的，不知道是性愛的關係還是其他的關係，就是那種不確定，很強烈但是又很模糊？

蔡：很曖昧。

楊：還有就是，你是不是也有類似的生活經驗？

蔡：我覺得可能……這個牽扯的層面比較複雜一點。性這個事情，我覺得是很多壓抑在裡面，我們的社會，或者是人類。我覺得是這樣子，還是回到電影的概念，你拍電影在幹嘛？簡單說，很多人拍電影就是賺錢。或者有一個作品，我要做導演，所以我要拍一個作品，要拍一個電影。我要很多人看，這個導演我覺得超過他的作品，就是導演的概念已

經超過他的作品。有一個討好的態度在裡面，所以每次拍到這種鏡，就是一個販賣的概念，他是賣肉，你知道吧？在販賣的感覺。可是我自己再處理這個東西的時候，我基本上覺得這是我想談的東西。它通常不是拿來販賣，而且的確是當影片出來的時候，被一般的觀眾覺得就是這樣的。因為他突然間發現它沒有美感，它沒有他習慣的美感，可是他做愛我不覺得他有美感。那個不叫美感了，你懂嗎？就是在裡面處理的時候，對這些美感。所謂美感就是攝影師，演員配備，醜的也要做愛啊，你知道我的意思嗎？有的影片從來不太出現，因為你不看嘛，觀眾不要看嘛，當我的演員不同，我在處理做愛的時候，我就希望說回到真實感，回到真實感中間有一些情況是真實的狀況。比如說我的影片裡面大致上這些人做愛的狀態都不是很好。要麼就偷情，要麼就……甚至看不到對方。或者個人有個人的偏好，比如說，隨便講，《河流》，陳昭榮為什麼會……因為他看得到他，苗天，這個就是一個心理的問題。或者是一個小胖子跟著李康生在《天邊一朵雲》裡，跟到廁所打開就把褲子脫下來了。基本上都不是美的，我也不是說醜，有點唐突。很多時候，包括像楊貴媚在《愛情萬歲》第一次要做愛的時候，陳昭榮拍片的那天很緊張，因為他還是一個新人嘛，第一次要跟楊貴媚對那場戲。他就過來跟我講，導演怎麼辦？我很緊張我在發抖，我說就是這個狀態，太好了。就拍了，我覺得差不多是，的確是不太舒

服的。還有那個做完愛的空虛感，包括到後來，拍完了《天邊一朵雲》，《天邊一朵雲》比較殘酷，就是在做愛的時候，因為他是一個工作，他也是在工作，有人在操縱，拍的時候攝影師一直在操縱小康跟那些女優。反正愛有各種可能，隨時在出現。對我來說，他都是那個處境，比如說《青少年哪吒》，陳昭榮遇到哥哥跟女朋友在隔壁做愛他就自慰了。那個時候在台灣沒有人拍自慰，從來沒有人，不相信有手淫。然後大家都覺得怎麼可以這樣拍。

楊：這樣會讓觀眾很難堪。

蔡：對對，很難堪。

楊：其實我在教電影課的時候也很難堪，有時候放到這個，我就逃出去。

蔡：你說那個班上全部都手淫過啊。你說這個電影，回想在 95 年，也是因為得獎，李登輝要看，我也跟他坐在一起。然後看，大家都很沉默地看完這個電影。李登輝很有意思，他就很幽默，燈一亮，也沒有鼓掌，就傻了，很安靜。他太太也坐一起，都不講話，李登輝就突然間站起來說，啊呀，誰沒有手淫過啊，大家都手淫過，就開始笑了，就鼓掌說：「總統講得太棒了。」可是在當時是沒有人要拍，我覺得不會想到說電影要拍這個，不應該拍這個。所以我的電影一路被罵的原因。

楊：對，突破了很多禁忌。

蔡：對，一直在推，推過去。我覺得這個東西就是，有時候在

創作的過程中，我有點被挖我心裡面的，就是越挖越深了。可能在劇本上也不敢了，真的拍的時候就覺得說這樣拍沒意思。你知道我的意思？

楊：一個真正的藝術家都是不滿足於原有的、不慍不火的樣式。

蔡：對。你知道，我拍《河流》的亂倫場面，我原來大概只有想拍，拍到爸爸跟兒子互相發現彼此可能是同志就夠了。但是就覺得說，幹嘛呢？同志還要你來說嗎？你知道吧，雖然那個時候大家還是不太探討，結果當下就覺得不行，我就停下來。就這樣蹀步，走啊走啊，後來就叫演員來，就這樣，就演了。演到最後其實不會害怕了，一點不會害怕了。你知道尺度，知道每個人怎麼看的。而且中間有一個部分是你不確定那是什麼，自己也不確定。可是我只確定一個事情，燈關了之後，這對父子就沒有身分了，在黑暗中他們是兩個人，這是很確定的事情。可是燈開的時候，那個身分，那個困擾，的確是本來就有的，我想，那就這樣幹，就這樣拍了。後來的確是，就是很兩極，有人就罵得很慘。有一種就覺得太……我自己覺得是它可以跳越有關性的處理，跳越藝術，回到人的那種本質的思考上面。比如說我很害怕我的一切被歸類為同志電影，不喜歡，可是裡面都是同志，可是我不覺得是同志電影。

楊：它不是貫穿整個影片的。

蔡：對，它不是要講同志，同志是社會運動去講的，去抗爭。也有很多電影拍得很好，但是我基本上覺得我的電影不是

在做同志議題。可是呢，必須要涉獵到它，是因為它的確是在我們的生活裡面存在的。而且也造成了不安，不愉快，或者是有很多掙扎。所以，我覺得這是內心的一些狀態要表達出來，所以會採取一個比較劇烈的方式。所以老外就很好玩，有一個美國的記者，他就很沒有禮貌地問我說，你是不是跟你父親做過愛，直接就問。我說這是一部電影，你知道我的意思嗎？他說哦，我不用跟我父親做過愛，我也可以拍成這樣子，用這樣的方式。所以，整個處理到性的部分，我就不會輕易放過，因為我覺得那個太私人了，太私密了。所以就不是在電影裡看到的那些世界。你在電影裡面是要給人家看的，可是你創作不是為了示眾，你懂我的意思嗎？我覺得電影，所以我到了《你那邊幾點》，我在拍陳湘琪和葉童做愛的時候，她們兩個都準備好了，是我不要的。我自己覺得，年齡越大，你會越來越多思考。包括《黑眼圈》我劇本裡面是有小康跟諾曼最後一個強烈的做愛，我都拿掉了，因為不需要。你自己會覺得說那個議題，就像你在創作電影最麻煩的一件事就是，你很容易總是去想觀眾想看什麼，不是你要拍什麼，是他們想看什麼，所以我一定要拉回來。那就給你看難看的東西，你不想看了，即使這樣，我也要給你看。你想看的，你到別的地方看得到。大概就這樣。

楊：我記得你是不是說過一句，在《天邊一朵雲》之前，你就說想要拍一個 A 片，是不是？

蔡：對，一直有這個想法，現在我還是想拍，假如有機會。

楊：因為那個也只是拍了一個有關拍 A 片的故事。

蔡：對。我還在想，將來還是要拍一個 A 片。我覺得 A 片有意思的是，比如說你看，我覺得我們的電影一直很有突破前輩，包括情色這個事情，大概沒有人可以超越大島渚的那個《感官世界》，恐怕沒有人超越過去。因為我覺得感官這件事讓人看到，就是說看鏡頭就看到一個悲涼出來，而且很直接的，器官哪……所以我說《天邊一朵雲》也就是在感官意識下的那種感覺，它很難去超越，就是說我藉由情色片來走。生活並不是情色片才有性的，充滿了性的壓抑，或者饑渴、需要等等。可是都很難滿足，所以我自己一直覺得說，因為拍性的電影很難，除非你是拍 A 片，可是你發現它就另外一件事情了。但是我拍完《天邊一朵雲》之後，那個過程讓我覺得其實很可能最真實的電影就是色情片，全部都在作假。就是那種器官的接觸是最真實的。

楊：就是豔照相關的這個主題，也是最真實的。

蔡：所以我覺得性這個處理上，這樣說好了。我在拍《天邊一朵雲》的時候我做功課嘛，其實也不用做，我們因為平常也會看色情片嘛，那個時候我就找一堆來跟同事一起看。我有一天自己看的時候，我就喊大家都來看，我說你看那是什麼。沒人看得出來，因為它是一個大大大特寫，在一個女性的身體裡面。我說其實它就是一團肉，就是一團肉。我覺得這個色情片很可惜，它沒有追究它可以做什麼。在

藝術的概念上它沒有去追究，它只是用來消費。所以他們只是換面孔，換演員的臉孔，新鮮的，做同樣的動作。他很少是藉由這個去追究說影像，被拍的時候，被放到那麼大的時候，就是說電影到底在這個部分做什麼。應該是可以再超過，我覺得大島渚就做得很好，他在這裡面就非常屬害，做的感官這個事情。所以還是可以再玩玩看。

楊：好啊，等著看你更多的色情片，超越大島渚的。你剛才講到一種不雅，或者不舒服的東西，你覺得除了性這個問題，其他生活的方面也類似，我注意到像《愛情萬歲》裡面有楊貴媚的摳牙縫，就是摳著屁股撿瓜子殼，或者是拍蚊子，就是這些很尷尬、很不雅的動作。顯然也是你可以要造成這樣的效果，這跟你對生活的觀察應該有關吧？

蔡：像打嗝了，演員在我影片裡面打嗝，老外看了就會笑，他們生活裡怎麼會打嗝，怎麼會不躲起來打。可是華人就不會，當然我也不會像這樣打嗝。那個角色會自然一點，那個被拍的對象。所以我說我的電影，全部的處理都期望說被拍的時候盡量啦，反正就很難，演員還是只是在演，他有很多東西是看不懂，你要讓他進去，特別是他認為不美的，不雅的。那他們碰到我的時候他們內心是非常放鬆的，願意放鬆的。

楊：但這裡不雅的是你要他們做出來的？

蔡：對，要他們做出來。給他們這個主題就自然的這樣了，並不用特別的去演。所以我常常說，總是把演員進入到一個

狀態裡面去，讓他自由發揮，非這樣不可，要不他做不到。你知道我的意思吧，比如說水管爆了，他就非要治水不可，他也不能優雅了。或者我拿一個枕頭給陸弈靜要她自慰，她真的沒有辦法哎，她當然也自慰過，但是她說：我不能在你面前做，拿著那個枕頭。那我就做給她看，我做，我也是學A片，我說我這個完全是從A片模仿出來的，那你就做你自己。那她也有模仿，就給她這個狀態，給她這個狀況，那些演員會，如果她知道你要幹嘛，就可以盡量的表達出來。我覺得這個很不錯。而且我的演員有一個好處就是說，不管怎樣，很怪，他們來到我的面前，我沒有說卡，我沒有說停，他會繼續演下去，他不會結束。他演戲演完了這段他還可以做別的。他會陷入真實的一些狀況。

楊：所以《臉》這個電影，因為是應邀拍的，所以跟國外的背景相關，但是你的大部分電影還是跟台北相關？

蔡：大部分，只有一個《黑眼圈》。

楊：嗯，《黑眼圈》跟《臉》不以台北為空間場景。《黑眼圈》基本上還是一個現實的背景。

蔡：它還是有台北，一點點。

楊：哪怕是馬來西亞也是跟你的生活經驗相關。那《臉》跟你生活經驗相關的的部分在哪裡？比如水管爆裂？

蔡：我覺得《臉》跟我生活的相關是比較內在的。我做這個電影基本上是一個，有人說是自畫像，我覺得滿貼切的。

楊：臉嘛。

蔡：有點像畫了一個臉，可能是一個普通的表情，可能是比較呈現我內在的一個狀態。整個《臉》，我覺得最接近我自己的臉。

楊：拍電影這個事情，比如在《河流》裡面有許鞍華在拍電影，《天邊一朵雲》也是描述的拍片的事。

蔡：《臉》我覺得是跟我的觀念有關，看電影的世界，其實這些人都回到了我的電影裡面來。我的觀影經驗中的那些人都跑出來了，和給我拍電影的人，他們交融起來了。我認為是在講一個對創作的追求，一種焦慮的狀態。整個是在處理焦慮。

楊：這個說法有點學術性啊。

蔡：對，所以我覺得這個電影對於一般的觀眾是困難的，但是對某一種人是很有意思的，就是說所謂的影迷，一個真的影迷。那個影迷每天去看電影，那個影迷他會渴望看到所謂的經典，他心裡面知道什麼叫經典，知道什麼叫創作，在電影這塊，實際上這種人總是有的。每個地方多寡不同。台灣可能有一兩萬人是這樣，它永遠就培養出一兩萬人，大陸我就不知道了。大陸肯定也有。

楊：你的《臉》好像沒有在大陸公映？

蔡：沒有。我們很多電影就是透過電視，可能更早的時候，比如說電影資料館，或者影展。我覺得這個電影對年輕一輩的觀眾，有一些東西他還不能接受，比如說，為什麼是尚-皮埃爾·里奧，或者小康跟尚-皮埃爾·里奧聊到的那些

導演。但是整個的架構來說它還是可以獨立的，就是一個導演去拍片。他又回來，跟上，然後又回去拍片。這個過程，我們看到中間有一些，比如說，呈現大部分的焦慮。可能有一些小細節，包括生病啦，包括離別啦，包括不能控制，不能掌控的狀態。或者是歡疚，這樣他在樹林裡面，跟一個男生野合的一場戲，接著就是，媽媽去了，電話來了，那些東西我覺得說有一個還滿清楚的架構在裡面。到後來他的頭被砍了，變成他好像是一個聖人，施洗者約翰。其實我說從小康這個角度來看，這個部分整個是我內在的一個狀態。有時候我甚至都覺得說，有一場戲他也是拿那個獅子頭去給用石膏塗了臉的那個聖人。好像要給他聞這個味道，然後去摸他的臉。我覺得這個東西還滿多象徵的，對我來說。我在拍，大家不太明白這個關係是什麼，我覺得也無所謂。只是我自己覺得，有時候這是一種，你甚至可以說他是跟觀眾的關係。這個東西跟他物件的關係，它整個被包住了，他只能吻他。類似啦，一般我不太講這些東西，因為我覺得不需要解釋，你也可以說她愛上那張臉，面具裡面的那張臉，都可以的，隨便你怎麼講。可是我自己拍完這個在看的時候，我就覺得這就好像是我內在的東西被提出來。

楊：所以你有的時候在自己看未完成作品的時候，就會發現自己沒有很明確意識到。

蔡：對，特別是這個影片，包括小康有一個鏡頭是很奇怪的，

他被血打到臉上。有一個鏡頭是血噴到他臉上，整個都遮起來了。他在片場裡面，那個女人在找鞋子，記得有一個鏡頭是他被打到身上。像這種很曖昧，不過也沒有人問我為什麼，好像大家都明白了。我不知道，這種越不明白反倒越明白，他們就是純欣賞。對我來說，我自己很喜歡那個畫面。它就是一個內在的感覺，因為它沒有情節，也不真實，很多東西都不真實，就是有點像個夢境。包括三個女人在殿堂上等待的那段。我自己就很愛那個鏡頭，因為它無所事事。我其實有時候是用我的形式去想要企圖顛覆看電影的概念。這個看電影的概念其實是被養成的，很難去改變它。可是我從第一個作品開始，就一直在試著要去改變，從不舒服開始，到看不明白。不是說讓你看不懂，它其實還有一個態度在裡面，提醒你在看電影，提醒你是會被切斷的，提醒你是有自由的，提醒你跟我的關係是平等的。必須是我牽著你走，然後呢你牽著我走。隨便你怎麼解釋我的作品吧，我覺得回到一個作者的概念，我覺得這個很重要。我相信作者這個觀念，你看很多教電影都講什麼作者，講到後來還是去教學生怎麼樣拍電影，怎麼樣有高潮，怎麼樣才是好演技，怎麼樣才是好的劇情，打分數。我覺得這個東西，其實到最後都忘記了作者。你明白我意思嗎？所以我常提醒我自己是一個作者，因為我有最大的權力。那你是觀眾沒有最大的權力，我們都有。可是你會看到電影不外是，雕塑也好、繪畫也好，每個都有明

顯自己的風格。閱讀的人從來不會過問說你為什麼畫成這樣子，你知道吧？

楊：對。我就想問你，你有沒有做過其他的藝術門類？

蔡：有。我現在在做。可是我現在反問觀眾，他們問我問題為什麼這樣，為什麼那樣。我說你忘了電影是有導演，你們都忘了，都幾乎忘了電影是一個創作的影片。只是在變了一個消費的概念在使用。

楊：你剛才提到大島渚，那麼在世界電影史的範圍裡，我覺得你的電影裡面有很多東西是不是相關於楚浮，比如說那些跳躍的、非邏輯的，好像又更接近高達。有一些超現實的，像鬼魂的出現，又讓人想起伯格曼《芬妮與亞歷山大》。然後有些喜劇、狂歡的場景，有接近費里尼的狀態。你為什麼對楚浮特別鍾情，因為我覺得你的電影好像跟其他的電影大師更相關？

蔡：我覺得是精神上的感受，楚浮只是一個代表，所以你問我你最喜歡的導演是誰，我說好多，我講不出來。我不會排誰是第一個，因為都同等重要，因為都很深刻的影響到後來的電影創作人。為什麼楚浮，我覺得楚浮只是個身分吧，他提出來的概念，包括他訪問希區考克的那個對話。就是說他對電影的態度，對於作者的概念特別強烈，但是也不覺得他……就是說他的電影通常是比較溫柔的。

楊：我覺得你的好像更銳利。

蔡：我不是，我跟他路線完全不同，會岔開，而且岔得很遠。

可是我覺得這是一個精神的概念，你知道為什麼？比如說《四百擊》好了，我覺得《四百擊》幾乎講到了所有青少年的一個心情，不是成長的歷程，他是講到一種無可名狀的情緒，每個人都經歷過，每個人都何去何從。

楊：《青少年哪吒》？也不是，好像你的更狂野一點。

蔡：那不是，那個不太一樣。因為《四百擊》是十四歲以下的，我為什麼會覺得這個電影那麼有趣？是因為它提供了一個方式，是一般的劇情片不太要的。就是那種日記式的，其實沒有什麼高潮，那個電影也是沒有高潮的。有趣味，可就是沒有高潮，它不見得是緊緊地扣著你，它只是帶著你好像是逛街的感覺，看一下青少年蹺家蹺學的一個歷程。好像照鏡子，觀眾，不管你在東方西方，好像都看到自己，看這個電影到最後會有這個感覺。另外我覺得他提供了一個畫面，最後小男生看鏡頭的那個畫面。

楊：那個定格。

蔡：那個定格，後來一堆人都這樣拍。可是我就是覺得楚浮企圖把電影當成一個作品的概念，就是說有一個跟觀眾的互動在裡面。也就是那個自由概念在裡面。所以我才會覺得說尚-皮埃爾・里奧，或者李康生，這種演員，他們並不是表演者。他們只是在展現自己，展現他的生活。這個角色也許是楚浮祝福，也許是尚-皮埃爾・里奧，你已經分不清楚了。

楊：尚-皮埃爾・里奧和李康生一樣，這個之前也沒有表演經

歷？

蔡：沒有沒有，我覺得他們不是表演，到現在我還是覺得里奧不是表演，不是演員，他是一種展現。所以我每次遇到他，你看李康生，你都會覺得他們自由的進出這個膠捲。知道嗎？他並不扮演什麼，他在生活裡面不扮演什麼。你看周潤發在生活裡面就是自己，他在電影裡面就是一個角色，他才是一個扮演。所以楚浮集中了一些東西給我深思，就是說電影到底是什麼。是耍把戲嗎？娛樂你嗎？還是說它其實是一個很有意思的、自成一格的世界。

楊：包括《愛情萬歲》最後，楊貴媚跑的一長段路，是不是也跟《四百擊》最後的跑的那段路……？

蔡：都有影響。我有一個概念是我在拍電影時我腦袋裡沒有楚浮，我腦袋裡沒有費里尼。所以有人跑過來說，導演這個鏡頭很像什麼，我說關我什麼事。我不會去背那些東西，我就覺得我需要，我說即使一樣也無所謂，因為這是我的需要。所以我會讓自己自由一點，要不然這個方式就被局限了。

楊：你很多電影的最後都是哭，《愛情萬歲》最後是楊貴媚坐在那裡哭，《天邊一朵雲》最後有陳湘琪的一行眼淚，《你那邊幾點》也是陳湘琪坐在湖邊流下眼淚，《洞》的最後是李康生對著洞大哭了一場。

蔡：對，其實我都忘了，哈。

楊：因為你的電影本身總的來看不是很傷感的，為什麼電影最

後都有這種感傷的處理？

蔡：所以我覺得就是一個人的真實面貌，有時候我也在想，傷感並不是預告什麼。比如說我這樣講，母親死的時候，在《臉》裡面，好像很傷感，可是我並不拍小康，我是拍楊貴媚，我避掉小康，我自己也不太知道為什麼，我當時在做的時候，就不想看小康。因為我覺得那個東西是表演嘛，又來了。我一直在思考這個東西，觀眾很自然的會……因為我要傳達這個死亡，不是那個演員的表演，明白我意思嗎？所以我必須要用一些影像的東西去營造一個死亡的概念，包括尚-皮埃爾‧里奧那隻鳥。就是說所有的東西最後一定會到死亡，裡面全面的，包括那個貼窗口，她貼到最後是死亡。媽媽的死亡，整個現實遇到媽媽死亡，她就昏倒了。所以她就用了一個打火機看到一個男人的臉，他是笑的。所以我覺得那個是很悲傷，可能比真的哭還悲傷。也不是純然的悲傷。你知道，就是很複雜的，基本上就是在講一個死亡。就是說那個黑到底是不是有還是……統統你都要重新思考。所以沒有絕對說一定很悲傷才大哭，也許突然間爆出來……

楊：我覺得其實你的結尾本身都還比中間的部分要溫馨一點。《洞》的本來好像很絕望，但是又把它拉上來，可以跳一段雙人舞。

蔡：對，像《洞》這種我就覺得比較超現實了，顯然那就不太真實。

楊：《河流》的背後其實也是小康跑到戶外，能夠呼吸到新鮮空氣的感覺。

蔡：我自己最喜歡《河流》的結尾，大概就是那個空間提供給我的一個方式，包括有一個陽台，那個旅館，西門町的。

楊：那個全部是很壓抑，但是最後好像有一點自由。

蔡：對，有一個門打開，那個空間很窄，但是它的確提供給我一個這樣的拍法，那個角度，苗天走的時候，跟小康慢慢起來。所以，我大概不覺得說人生有那麼絕望，或者有那麼樂觀。統統都沒有，所以，人家說我很悲觀我不承認，說我充滿了希望我也不承認。我都覺得說，當下大概都是這個樣子。當下幾乎都是這種狀態，就是要麼你就死了，要麼你就還是看怎麼活下去，看怎麼生活。再壞也沒有壞到哪裡去，也不會更好。

楊：所以你並不是碰到什麼樣的類似經歷？

蔡：我覺得不是實際上碰到什麼事情，並不一定生活上有什麼起起落落，掙扎。可能是我的個性，基本上我的個性有很積極的那一面，很輕鬆的那面。從創作就看得出來，或者我在風格上面都很多輕鬆，我一定把這個做完。哪怕這個事情到最後結果不是我想像的，我都不會有後悔。我就覺得做掉了，下面的還有什麼再做下面的，大概是這樣的個性。我覺得我比較願意去面對真實，或者越來越願意接受生命的真相。可能就會相信生命有一個本來的面目，但那個本來的面目要你自己去辨識，你自己會知道說可能一輩

子都不知道生命的面目是什麼，你就過了，走了。可是我覺得我知道，只是很難要去面對它，比如說死亡，或者失去。失去通常給你一個很大的……我大概有一些經歷啦，比如說父母、愛人之類的都會有。《臉》的態度是說，大概看到自己的時候還滿眼熟的，怎麼去面對一些狀態，一種生命的狀態。我覺得包括小康，這樣講好了，比如說那個肉，媽媽做的肉，後來，陸弈靜的鬼魂，好像是在等待一個自己。做一個完結，讓它不離去的那個概念。所以我前面也講到，我並不處理小康的悲傷是在於，他會哭啦，表演啦，就讓楊貴媚去處理，這樣的概念。楊貴媚處理了媽媽的冰箱，楊貴媚是誰不重要了，可能是朋友，或者是親戚。通常家裡總會突然間多了一些觀眾不知道的人，一般電影會解釋，可是我不想。但重點就在處理死亡，就是說死亡是什麼，這個東西要被清空了，可是你又捨不得。你要放回去，就在那裡掙扎，那個人已經不在了，那個人在嗎？她鬼魂還在。到後來是因為小康，那個鬼魂也很悲傷，因為已經失去了一個聯繫。他們之間已經不能聯繫，不能再做任何溝通。因為他燒給她的那些 LV、車子，那是另外一個世界了。所以這個媽媽走之前她的兒子做了一個獅子頭給她。那我會覺得這個到小康拿一把槍到水裡，那個很象徵性。然後我們觀眾看到一個機器，攝影機，從他的身體穿過去，你記得嗎？攝影師的一個椅子。這場戲我自己在看的時候，我很感動，是因為觀眾有掌聲響起。看

到那個機器穿過去，一個椅子麼，原來他在拍戲麼，就從死亡到有一把槍，到後來那個肉丸啊。我覺得這個可能就是一個面對的問題，我有時候覺得說，我可能比較容易面對這種生命的現象。這也是因為我是一個創作者，你知道嗎？我有一個通口，我有一個通路。

楊：可以表達。

蔡：對對，我可以轉換，可以表達出來，那裡我可能又可以進行一次細細的總結說，中間的含義是什麼，總會有一些領悟或者一些釋懷。可是我有時候在想，有一些人是怎麼……有一些人如果不通過這個怎麼過去。所以每次在牽扯到死亡的議題的時候，我都讓那些人很難過，那個難過不是哭，而是說，他突然間生病了。比如說李康生要把時間轉到七，在《你那邊幾點》裡，或者媽媽要把窗口貼黑，就是那個鬼他害怕亮，就有點發神經病。

楊：嗯，病態了。

蔡：最後可能就病態了，一個自戀型的動作，我覺得在現實裡面都是這樣子，都會有。我賣票也很病態啊，哈。我說經常賣票後來我就變成一個……你知道你在做什麼，可是你會不斷的理解你為什麼要做到這個成果。當時是生病了，是你生病了。社會生病，然後你也生病了，不看這種電影，那我就賣給你，我就有一點……也不是強迫，就是把機會拿到你面前，一直跟你講，有點像傳道，這種概念。基本上有點病態，有點互相表裡。可是這個態度很奇怪，它是

認真的。

楊：這個叫偏執。

蔡：對生命很有用，它會讓你忽然間看到了一個真相，這個真相不是看到外面，是看到自己內在的一個東西。所以我到了《臉》的時候我覺得這個死亡，包括創作死亡的，他們沒有兩樣的。創作也是出生入死，你知道，像那隻鳥死了又活了，活了又死了就這種感覺。你看尚 - 皮埃爾·里奧那句台詞，他是寫了莎樂美的台詞。說你為我跳舞吧，那個也等於是，就是在講莎樂美的，也可以說是那隻鳥，你再飛一次吧，都有的那種，我是截取那種，其實就非常象徵性的，不知頭不知尾的。或者莎樂美跟小康講的那句話，你看我吧，你為什麼不看我。都是《莎樂美》裡面的台詞，王爾德寫的。所以我覺得它特別有意思，用在這個電影裡面就變成心裡面的最後一個呼喊、呼喚、吶喊或者是渴望。但是你可以看到這群人非常的，你說他偏執也可以，但是我覺得他是嚴肅地看待他的生命。

楊：因為我在研讀精神分析，所以對這些病態的東西特別感興趣。還有就是你這個電影裡面很多脫序的部分，像《天邊一朵雲》裡面那個 AV 女優，突然在電梯裡面抓狂起來，脫掉衣服抓身體。這個沒有什麼理由的。陳湘琪在裡面也有一個場景，也是電梯裡面，突然一個男人進來以後，莫名其妙的恐懼。

蔡：她就害怕。

楊：其實沒有什麼害怕，就莫名其妙的驚恐。然後這個地板上亂爬的螃蟹，也是《天邊一朵雲》裡面，我覺得這些東西是不是有點讓人起雞皮疙瘩的某種感覺，跟你的生活經驗有沒有什麼關係？就突然有一種驚惶感？

蔡：可能我一直處在不安的狀態……啊，會。

楊：還是特別注意到生活當中這些問題？

蔡：會。我覺得就是說基本上看起來很荒謬，很多事情，那種荒誕感。

楊：有沒有自己經歷過的具體事件？

蔡：我一下子講不出來。比如說我在巴黎看到一個女人，在講電話，他巴黎電話亭不是有三個在一起嘛，都是玻璃的，講電話的時候會看到。在《你那邊幾點》裡，攝像機就放在那裡可以看到打電話的情形，那個女人就猛叫，那真是我目睹的，我覺得特別有意思。那個女的，在《你那邊幾點》裡，被干擾之後就走出來，走到那個男的面前尖叫了一分鐘——啊！——叫完就走了。讓我就覺得看傻了。我還看過一個，我對這種人很有興趣，有時候覺得很好笑。我看過香港公車裡面有一個老頭，他是這樣的，一排……

楊：你在香港坐公車嗎？

蔡：我會坐公車，因為我曾經在香港住了一段時間。然後那個人就這樣坐兩個位置，死都不讓，因為都滿的，有一個老太太上來，在他旁邊說你讓我坐，他不理她，當作沒看到。那個老太太就坐在他的腿上，一屁股就坐在他腿上。這個

老先生就很氣，就跳起來了。然後我們在旁邊看著都笑出來。

楊：你在《臉》的最後也出現過，其他電影裡有沒有？

蔡：有，《不散》，出現過，在片頭，是《龍門客棧》的片頭，我就出現在那個片頭上，舞蹈出來了，我就坐著，後腦勺，被拍到。

楊：哦，所以你也演過戲，演過舞台劇？

蔡：對，我不愛演戲。

楊：不愛演戲。

蔡：超不愛。我就是最近演了李康生的一個喜劇的短片，以後大概不會再演了。我是為他……還他一個情。

楊：為什麼？不喜歡演？

蔡：我非常不喜歡被拍。

楊：我覺得是你喜歡觀察別人，不喜歡別人觀察你？

蔡：也不是，我覺得我不是那種鏡頭前的人，不是演員。

楊：那你是說真實出現就好了嗎？

蔡：我覺得這個很詭異，不是真實出現就行，它還是有選擇性的，尚-皮埃爾・里奧是從一千多個小朋友裡選出來的，小康也是我看了很久，在路上碰到他的。

楊：嗯，這個我知道。

蔡：我覺得他們是被選擇的人，那是我決定的，就像我這樣的導演也是被選擇的。你知道我的意思嗎？所以這個才有意思，他跟這個媒介的關係。

楊：所以是你不選擇自己？

蔡：我覺得我不適合，我只適合做導演，在機器後面，這些被我拍的人，通常我都覺得他們會發光。每個演員在鏡頭都會，只是光芒不太一樣。如果你長得很帥你就可以拍了，你不見得會有感覺，看的人跟你有距離。可以用那些形容詞來形容，當一個適合被拍的人，進到鏡頭，他會使得這個場景蓬蓽生輝，當不是的時候，這個場景就很醜，就沒有光彩。我自己有一個生活經歷是，我有一次回家鄉，跟李康生，還有好幾個人，去原住民的部落，很遠的，坐船過去。我們在一個瀑布玩，這個瀑布幾乎沒人。是一個導遊把我們送去，過三個小時再來接我們。那個小村落很好玩，我們就去了。那個瀑布當然也很美，突然間，我們玩了一段時間之後，出現了一些狗。

楊：野狗？

蔡：野狗，四五隻。我們就說怎麼會有狗，那些狗都很漂亮。

楊：沒有害怕嗎？

蔡：有一點奇怪，沒有害怕。因為牠們也看著我們，不久就來了兩個人，是他們的狗，是兩個老太太原住民。就圍著一個紗龍，背著一個籃子，她們去撿野菜的，沒有穿鞋子，大概七八十歲的老太太。她們一來，我跟你講，我自己有一個很奇妙的感覺就是，我說整個森林變美了，就充滿了色彩，她們身上也沒有很多顏色嘛，有點刺青，可是整個森林變得光彩。我說這個是很奇妙的事情，她們是這個地

方的寶藏，會發亮的。那演員也是，像演員到了鏡頭，我們打光嘛，打光的時候，演員不會站在那邊嘛，都是場記啦站在那裡打光，我就看那個好醜。待會兒演員來，哦，變美了，很奇怪，很怪的。所以我就說我們一定要這樣思考電影，它的材質有所選擇。那他這個你要把被拍的對象也算進去，所以他們說你的電影拍的都是醜的，我不覺得。我知道那邊很醜，但是他進到鏡頭就好看了。

楊：還有你的鏡頭其實角度有的時候會選擇跟日常觀察不太一樣，比如像《河流》裡面，在電梯裡面小康的媽媽，就是用一個逼仄的角度來拍，或者是《天邊一朵雲》裡有一個腳的特寫。

蔡：對，我很難分析這個，但基本上……

楊：就怎麼會想到用這些特殊的角度？

蔡：可能是心理的，主要是心理的一些概念。

楊：那平時你就比較喜歡從一些怪異的角度看世界嗎？

蔡：我基本上都是這樣看的，只是因為拍東西。我有一個毛病，我的電影裡面你從來不會看到有錯開用的鏡頭。比如說一個地方拍完就變成兩個地方用，一個角度，我從來不做這樣的。因為我覺得干擾，所以我通常都擺一個位置就拍了，之後我再也不會擺那個角度，那個位置，不一定是角度，是位置。所以一個房間，小康的房間拍了這麼多次嘛，所以每一次都要，怎麼拍這個地方，哪怕到一個空間，已經拍了幾遍了，你就沒有角度了，因為我不會動嘛，我不拍

動的，所以都一定馬上會出現角度的問題，距離的問題。那個是我的思考，我怎麼去思考，思考很複雜，包括有調度的問題，演員的調度，表演。當然最重要是鏡頭給人的感覺，就是美感，就是所謂美學上的一些東西。那我的攝影師跟我配合得很好，基本上他的鏡頭擺下去的東西都好看，有力量，有張力。提個要求，但是不重複，不重複的時候就很麻煩，有時候就要找位置，但是每一個位置都要跟整個……我這樣說不上來，就是角色的心理狀態要正確，也不能亂搞。

楊：歌舞的問題，可能也有人問過你，《洞》、《天邊一朵雲》，都有歌舞片段。其實歌舞跟你的電影表面上不合拍，因為你的電影很生活化，沒有背景音樂，忽然就插進歌舞。

蔡：對，《洞》可能最簡單，因為那個題材是在講一個世紀末的故事，好像我們世紀末就要跟大自然對抗，或者跟現實對抗。人就變成是一個最激烈的狀態，比如說那個生病的事情。

楊：這個很有寓言的色彩，也有預言（預見的預）的色彩，到了 SARS 的時候就更發現你這個電影很有預言感。

蔡：有一點那個意思。所以每一個事情都變成有一點抗爭的態度，這個姿態很對抗的態度。歌舞就變成一個武器的感覺。就是作為一個人，我不太把歌舞當作是一個上場而已，或者表達情感。電影裡基本上沒有配樂，沒有配樂的意思就是說回到一個真實的狀態，還給角色或者那個空間一個真

實的狀態。

楊：可是歌舞又是完全不真實的。

蔡：對對，歌舞就是被使用得非常像一個武器。但是這個武器又跟現實形成一個很大的反差，就很熱情天真，渴望，大概就這些元素都會留在這種老歌裡面。老歌的元素我覺得是這樣，它很簡單，有的又很天真，又很熱情，火辣辣的。當時我用葛蘭也是這個態度，因為葛蘭可能是在香港所有的華語流行歌曲裡，特別有當時時代感的。她的歌又跟電影有關，幾乎都是電影裡面的插曲，像《野玫瑰之戀》、《曼波女郎》，這些裡面的插曲。她使用的時候是不一樣的，都是歌舞昇平啊，我在使用的時候就有相反的狀態。

楊：你在此之前認識她嗎？

蔡：不認識，但是我後來去找她，跟她說要用這個歌，她特別高興我用，《胭脂虎》。

楊：她後來看過《洞》這個電影嗎？

蔡：她有沒有看我不知道。因為《胭脂虎》一般是不太知道的，非常性感，爵士的感覺。所以在用這些歌舞的時候，比較像是一個對抗的概念，反差很大。

楊：《天邊一朵雲》的歌舞又好像比較調侃，比較搞笑的。

蔡：《天邊一朵雲》就牽扯到角色，因為它每個角色都有一首歌。比如說，李康生的《半個月亮》，《內在的渴望》啊什麼的，他也調侃，也很荒謬。我自己很喜歡《天邊》的那些設計，因為畢竟後來再做的時候，我特喜歡那種。因為有很多觀

眾都跟我講說，看那個鏡頭會大哭。

楊：就是小康在水塔裡的那段？

蔡：對，水塔，會受不了，很美，可是會想哭，還能哭出來。所以我覺得那個東西小康演得很好，還有陸弈靜的像蜘蛛那個，叫《同情心》，也是葛蘭的歌。就每一個歌都有……稍微再複雜一點，《天邊一朵雲》的歌就稍微複雜，跟情欲在掛鉤，跟性別也有一些關聯。

楊：更多的喜劇式的，因為我看到聞天祥採訪你，你說其實想拍一個喜劇片，最後真的去拍一個喜劇。其實你的電影裡或多或少都有一些喜劇因素。

蔡：都有。

楊：但是又不是。

蔡：不是。我基本上覺得我的演員，特別是小康，他是很直感的人。

楊：《愛情萬歲》裡面你看他在西瓜上面刻臉，然後當保齡球來扔，本身就是一個荒謬的場景。

蔡：對，大概講起這些來也確是荒謬的吧。

楊：那還是你有些特別的經歷？

蔡：應該滿多的，好笑的事情。所以我覺得沒有刻意要去……我說電影的創作很多時候是有對象的。就是說對象就是觀眾，觀眾包括片商，包括投資的老闆，包括跟你接觸的任何一個人。你在創作電影的時候，基本上他們都存在。可是呢？我的工作都在於要把他們忘掉，不是一下就忘掉，

要慢慢地忘掉。過程裡面有討好，有比較接近的，你也知道大家都想看喜劇片，你在寫劇本的時候就會往這個角度想。大家一聽有歌舞就比較興奮，有情色就會比較高興，都會往這邊想，你會往這邊推，可是等到你這邊做的時候……因為我不是馬上寫完就拍了，有很多過程，這個過程很複雜。所以自然而然就會去找回生活上的一些狀態，當它來的時候，它就沒那麼誇張了。它可能說了一個真實感在裡面，所以，就比較不是那種表演的形式，不是那種東西出來。所以你說生活上有什麼很好笑的，總是有，但不是特別去記住它，總是慢慢，你創作的時候才會思考這些，而且是蹦出來的，有些東西是自己蹦出來的。可是當時是比較悲慘，你說一棟房子，有個洞。《洞》的故事是我親身經歷的。我剛大學畢業住在一個山上，一個別墅區，簡易的。我下面有樓層，我在四層。有一天有人來，這個別墅住的人不多，有錢人偶爾過來玩玩，我就住在那邊寫劇本。有一天來了一個工人，他說樓下滴水，房東叫他來檢查，可能是天花板上你的水管漏了，他們沒有水管，我們想檢查。怎麼檢查？要撬開，撬開很快就幫你放回去。我說好啊，隨便，結果撬開後這個人就不見了，一個月。他也沒留電話給我，我氣得要死，每天醒來就看到一個洞，對著它，可以看到樓下，而且樓下沒人，撬得很大，大概就是這個範圍，因為他在找水管嘛。

楊：就很寫實？

蔡：很寫實，對。比如說小康的爆水管，也是我的親身經歷啊。都是生活的細節麼。

楊：還有，西瓜好像也是你特別經常要使用的一個道具，這跟你自己的喜好或者什麼有關係嗎？

蔡：呃，西瓜，我覺得也是台北給我的一個印象，台北街頭，夏天你看到西瓜你會有一個感覺，在路上走路，然後台北賣西瓜，特別你去一些水果店，他就剖開一半，讓你知道裡面多漂亮，多成熟。然後那個西瓜長得好，所以好的西瓜都是一看就看得出來，會裂開，不是軟的。通常我都會覺得那個西瓜是個臉，給我這種感覺。

楊：哦。

蔡：就有很多印象會跳出來，所以在拍好幾部電影……我第一次拍西瓜是在……就《愛情萬歲》拍那個賣水果的，李康生跟他爸爸在一起吃瓜，在路邊，是一個水果攤，旁邊有很多西瓜，那個西瓜掉到地上。我記得那個，我很喜歡那場戲，就兩個人，就一般的父子，就不太搭理的那種，站在一邊吃西瓜的感覺，狀態。

楊：你說的是西瓜裡面，《愛情萬歲》有在外面刻保齡球，刻在外部，看上去好像臉，有兩個眼睛。

蔡：對，裡面很漂亮，當然後來就發展到《天邊一朵雲》那個西瓜，也跟氣候有關麼，缺水啊，大家都喝西瓜汁。

楊：還有拍 A 片的時候用的西瓜。

蔡：那個我覺得很好玩是，我就不想那麼直接，那場戲，那個

A 片很幽默啦，但是我覺得它有個心理就是，我不太想直接就拍到那個部分。所以我就說，拿這個西瓜擋一下。

楊：可是我發現那個西瓜好像後來換掉了？

蔡：有嗎？我忘記了。

楊：我看到下一個鏡頭那個西瓜不太一樣。

蔡：哦，是嗎，有可能吧，因為拍片都會這樣換，你太注意了。拍色情片有一個很奇怪的感覺，就是說基本上我們都不會拍正確位置。那些都是經驗啦，你不敢去看，真的就不敢看那些部分，今天他這些引誘你，你也不敢看，所以我們有過程。我跟攝影師都有一個過程，就是從那個西瓜來，先擋一下吧，就不用脫內褲了，可那個女的就把內褲脫了，來不及阻止她已經脫了，好，那就擋在那邊，這樣心裡面比較舒服。後來就慢慢慢慢的切掉一些東西，她也有幽默感，不像一個真的，變態的感覺，也成立的，所以我就這樣用。所以拍電影有很多狀態本身是要將這個過程算進去，它不是美國電影，是照著劇本拍的，角度也不能換的。我們拍電影完全是用作者的心情在裡面，還有演員的，跟你的溝通，他能不能，他要多少。有很多拿捏的，角度也是這樣的。所以拍電影就是很難享受全然想像成怎麼做的東西，很多就是要調整的。你要觸及太多真實的面向，各方面，演員的情緒。比如說我的工作人員常常……我自己不管的，我是不管他們的，他們也有情緒。比如說我的助理，他跟我很好。《天邊一朵雲》這個電影就是他處理燈光，

他本身也是攝影師，那我一定要他跟我的攝影師組合，跟燈光師做一個組合，這三個互補，有互補作用。所以，那他比較兩個的焦點，那要脫光他就得去量，那些器官，那他會生氣，到最後他很氣，就會罵我。他也不會很凶，他就嘮嘮叨叨說：你到底在想什麼？後來他拍《黑眼圈》有一場戲是在陳湘琪被抓到褲襠裡，放著兩隻手，她媽媽拉著她的手。他拍完，他在旁邊看完那場戲，他過來說，導演我再也不要拍你的電影，不舒服，殘酷。我覺得這樣子很好，的確是很殘酷。

楊：演員的承受力也很強。《天邊一朵雲》最後結局的時候也是。

蔡：對。

楊：我覺得也是，哪怕沒有真實的發生這個事，但看上去這個就是，對這兩個演員來說。

蔡：那些是真實的，當然我不能對外說是真的。基本上是真實的。

楊：效果至少是。

蔡：對，演員很好，我的演員都行。他們很拚，很願意。因為我們都在追求達到一個效果，沒有效果，演得還有什麼用，他們都知道這個道理。然後不太會討價還價……會啦，他們會想辦法說，不然這樣子，我就知道了他在……可是過一會兒他就 OK 了。包括小康拍，你讓一個胖子脫衣服好難，你讓一個美女脫衣服比較容易，那個胖子就掙扎了很久，講了很久。他都懂，可是他做不到，後來做了，做了

就很成功。

楊：你電影裡面的對話也很少，可是你本人並不是一個沉默寡言的？

蔡：有時候我的演員是沉默的，李康生是沉默的。

楊：哦，你是按照他的性格來塑造人物？

蔡：也不是按照他，我覺得用他也是因為他有這個特質。我喜歡沉默的人，我父親也很沉默，我父親非常沉默寡言，講重點，都講重點。

楊：你跟你父親之間會不會也像小康跟他父親之間那麼……？

蔡：對。不太講話，不太溝通，可是會……沒有關係不好，有時候會有點緊張。

楊：李康生好像有一些……在你電影裡面有一些反叛的感覺。

蔡：對。

楊：叛逆的，父親總是關心他，但是他本身覺得不要管，在《河流》裡面。

蔡：比較不是，那個是媽媽，在我的現實裡，是媽媽這樣子，我會反抗，不想被關注，覺得太多了。多一點點就是啦，我不希望人家一直看我。太關心我，我不喜歡，就是很難拿捏，我的父親反而……我覺得反而比較渴望父親的那種關心。比如說我父親會在我做功課的時候，做得太晚他會叫我不要做，但那種覺得很窩心，因為很少跟他有……你要跟他講什麼就要想很久，該不該講，要不要說出來，都會有這個過程。像媽媽就不用了，很簡單，跟媽媽很自然。

我覺得我父親比較有一個很典型的某一種⋯⋯以前的爸爸，我們這個年代的爸爸有很多是這樣的。可是我爸爸很難接近，怎麼講，我後來感覺他比較是一個防衛的狀態，他基本上是一個柔軟的，他要裝作很能幹、很嚴肅，可能是因為生活壓力。因為他有七個小孩，他是他家裡的老大，我們家裡他有七個小孩，農家子弟，然後做很多事。要賣麵要開農場，所以他很忙。都是有勞力的，然後可能賣地，也建寨子，買一塊棚椿，有限的寨子，給人家還錢。所以他在生活裡面，就會製造一個氣氛，就是說誰也不要吵我，在家裡最好都不要吵鬧，我要睡午覺，一小時。我回來要安靜，所以我們這個家裡的氣氛，我爸在的時候就很安靜，他不在就很吵鬧，小孩會自己玩嘛，我們有很多小孩。他在真的是很安靜，要麼就跑到外面去，躲起來，不看到他。吃飯的時候就很有趣，吃飯的時候他就說，啊，頭髮要剪了，他講完之後你就一定要去剪，他也不會打你，你自己就會想像那個後果。

楊：所以你現在就乾脆把頭髮都剪光了，哈。

蔡：那時候還是不用剪頭髮的，現在把頭髮剪了跟他沒有關係，所以說也會⋯⋯那種反抗都不是⋯⋯其實不太反抗哎，但是我是唯一會觸犯他的。可能做一些事方面，很私人的，比如說一些事情讓他非常不開心，甚至鬧到脫離父子關係，剛中學畢業的時候。

楊：他要脫離還是你要脫離？

蔡：是他。因為有一些事情我不清楚，在他的角度他覺得他並沒有怎麼樣，他沒有錯，可是在我的角度他好像做了很多事情。所以，有一些事情大家覺得就家庭不太愉快。好像只有我一個人有一個態度出來，他不喜歡，對他來說。可是也還好，中間沒有太多溝通，中間都是不溝通的，過了就過了。好像他覺得不必要，我們也沒有這個要求。

楊：你電影裡面家庭的結構是怎麼跟你自己家庭掛鉤的？

蔡：我覺得是，比如說我看到李康生這個家庭，他的家庭跟我的家庭結構不太一樣，他家只有兩個小孩，兩個男的。他父親是台灣的老兵，老一點娶了一個台灣的太太，台灣人。這個老兵娶台灣太太是很正常的。那我看這個家庭我開始是放在台灣的環境中。比如說故事發展，這個家庭的狀態，是通過他父親，小孩要聯考啦，升學壓力啦，這樣一種家庭故事拍出來的。可是父親的原型就會從我的父親去思考，就叫苗天來演。一直到《河流》，我們都覺得說，已經攪在一起了，慢慢會脫離到，我不是在觀察那個家庭。那個家庭只是我的一個，怎麼講呢，可能是外衣吧。那內裡還是在觀察我自己的生活狀態，我接觸過的，包括裡面的形象，媽媽的形象都是，把它套到這個家庭。所以整個來說，好像也講到了台灣的家庭。到後來我整個電影的興趣不是外在社會的現象，越來越注重內在風格。大概從我第二部《愛情萬歲》開始已經要把觀念的記號模糊掉了，比如說空房子什麼的，那還是外在的，可是它是概念化的。到了

《河流》就進到角色的內心世界，有個寓言，到了《不散》，《不散》我覺得一開始是非常個人的一個生命經歷的，是一個場地，回來，是一個戲院的場域，回來，召喚這種感覺。就怎麼樣要拍一個記憶，可是這個記憶並不是⋯⋯就是它可以成形，對他來說有一個痕跡在，有一些記憶被拍攝出來，或者我一個短片，叫⋯⋯

楊：《天橋不見了》？

蔡：《天橋》也是同樣的一個主題，有一些記憶，可能是台北之後的記憶。或者是我說的拉到我跟前的記憶，叫《是夢》。

楊：呃，我不知道。

蔡：你不知道哦，這個就是我做的裝置藝術。這個作品在 2008 年去了威尼斯雙年展。它是一個裝置，這個裝置是這樣，拍了個影片在馬來西亞的戲院，老戲院，封掉了，然後把這個椅子拆下來，你就坐在這個椅子上看這個電影，猶如你置身在電影的一個殘骸裡面，這個戲院的殘骸。（指著作品的宣傳材料）這個是我爸爸的形象，李康生演的，我爸，就穿這個衣服，這是我，這是媽媽，已經過世了。

楊：哦，拍的時候還在。

蔡：拍的時候在。這是我的乾兒子，他也演《不散》，他當時 5 歲，現在 8 歲。我自己非常愛這個作品，這個作品《黑眼圈》的那兩個演員也在。有趣的是他有一個照片在這，這個照片本身就放在戲院裡，可能主要是家庭的狀態。我

就讓她演我的外婆，大概是這樣。所以這個作品會……

楊：所以你把它稱作裝置，不是電影？所以你全部的電影拍到
　　《臉》一共是十部的話就不會算進去這個？

蔡：我沒有算進去，因為我不會讓它在影院上映，我讓它在博
　　物館放，這個作品，現在北美館要買這個作品，要收這個
　　作品。

楊：這是前幾年的？

蔡：前幾年的，對。

楊：剛才講到台北的背景對於你來說……因為也有《黑眼圈》，
　　在馬來西亞的。到底你對台灣的認同和對馬來西亞的認同
　　有沒有什麼偏向或側重？或者還是並不重要？

蔡：我覺得我很矛盾。第一個我剛開始，我就決定不要回馬來
　　西亞，因為它不能做任何創作，這是我敢說的。到現在我
　　都覺得它還是沒這個機會，那邊的大環境，或者那邊的環
　　境跟外面的世界關係都太封閉了。特別是政治，在文化上
　　的牽制是非常嚴重的。

楊：可是這也是因為你在台灣接觸了世界電影？

蔡：台灣這邊，我覺得這個過程，我們是看各種電影長大的，
　　港台的都看，好像這個電影是一個歷史，反正就是馬來西
　　亞有點遙遠，感覺你的概念，從我電影的創作來看，它跟
　　馬來西亞有點遙遠，但馬來西亞是我的生活。我開始會覺
　　得生活跟電影沒什麼關係，但是慢慢覺得我的命運，我的
　　電影跟我的生活重複。所以影片的總是會逐漸回來，生活

的東西也會逐漸回到我的影片中。我對電影世界的架構好像是一個通路，走進來又發現這不是了。我覺得它所有商業性通道的這些風景，全部是港台的電影，幾乎是港台大眾市場的，還有別的國家。當然說，你的世界是另外一個世界，真正的電影世界。那個世界是包含生活，它是真的需要你的生活來做養分。所以，我中間有一段不在馬來西亞，我在台灣生活。回去馬來西亞就比較像遊客，就覺得越來越遠，除非要拍一個傳記電影。我就覺得我要回去，可是我從來不想要拍傳記電影，沒有想過。

楊：傳記電影要拍誰？

蔡：要拍我的童年，類似這樣的。我不拍我的故事，甚至《臉》我都不覺得是我的故事，只是有畫像而已。有一段時間覺得我不能離開台灣創作，我以為我太喜歡台灣了，拍了很多片子，拍了《青少年哪吒》，拍了《愛情萬歲》這些，《洞》也是在台灣拍的。《洞》之後我就發現我的電影跟台灣的現實有很大的落差，就是說票房不好。還有不只是票房，就是整個輿論不好。

楊：是嗎，這個很意外。

蔡：輿論是什麼，輿論有很多，你看到台灣的現實，不能說全世界都這樣。怎麼來決定你的票房，它一有部分是，甚至學術界他們也並不這麼重視電影。有些人幾乎不重視，他們只重視一個人叫侯孝賢，其他都不是，或者楊德昌。有派別的，我講得很直接，但我非常尊敬侯導、楊導他們。

我只是說這個，或者有一個藝文環境，他們會去看小津的電影，會去看費里尼，視為經典。可是看到我們這種電影，哇，什麼爛東西。

楊：可能你比其他台灣導演走得更遠，這也是個原因。

蔡：可能是這樣，所以我覺得說這個東西是我的尷尬，因為忽然間你看到我《愛情萬歲》一出來，議論紛紛，是因為它沒有配樂，全部人都覺得電影怎麼可以沒有配樂。

楊：而且竟然也沒有什麼對話。

蔡：對，我還因此得罪了一個作曲的，因為之前去找他。後來我就跟他講，誰誰誰，我講完了，我覺得不要配樂，可是我還是希望你來看看，也許有一個好的。他說，不行，你要答應我要有配樂才看，你自己做決定。後來我就決定那你就不要來了。我其實還是有一個想法的，只是說很多人不能接受這種事情。不是因為這樣子我就更加覺得說，我要這樣走，比如說這個人說了一句，他說我所有看過電影會讓我感動掉淚的，都是因為他的音樂起來了。

楊：其實我非常不喜歡電影配樂。

蔡：對，這是你的……你不是導演，你不能完全在你的角度看。所以我後來就覺得說，我的電影在台灣，到了最嚴重是《河流》，因為《河流》，該罵我的跳出來，因為他比較有藉口，他不用看，只要看到我拍亂倫，他就可以罵我。《河流》賣得也不好，然後到了《洞》的時候我就做了一個動作，因為他們已經公開了，評審也是公開的，因為他們有記錄

嘛，就是說不鼓勵了。這些人我都知道的，他們都是……可能會支持什麼電影，就是對這種電影受不了，而且有一種理論出來，這種理論行之有年了，說台灣的電影就是這種導演害死的。

楊：這個好像聽到過。

蔡：大概是這樣的概念，我甚至到了兩三年前，我有一個大學的老師，姓侯，他教過我，排過戲啦，排過我的一個舞台劇。但這個老師跑到馬來西亞去演講，那記者就問他，蔡明亮是馬來西亞的人，你對他電影有什麼看法？他就不做評論。然後有記者就打電話說，有一個侯老師說你的電影是敗壞了台灣電影界。他說你有什麼想法？我說我沒有想法，他是我的老師，他愛說什麼就說什麼，我尊重他。整個氣候是這樣的，因為我相信他們都似乎還跟不上來，我只好這樣說。我有一些觀眾是這樣的，我在演講的過程裡，《你那邊幾點》，有一個觀眾讓我印象很深的，幾乎我台北的演講，他都出現了。因為出現太頻繁了，我就認出他了。最後他對我發問，他舉手表達他的意見，他說他受不了我現在的電影。可是他非常喜歡我電視時期拍的作品。他說你為什麼不會去拍那種既能感人，又有社會意義的作品？那我就回答他講，我說我只能往前走，你要不要跟上來是你的事，我不會為任何一個人改變。這就是一個創作，看你怎麼看電影的問題。所以後來我越走就越明白一些，大家從來不走電影，只走一個主觀價值，走主流價值，包

括教書的。

楊：嗯，那不包括我，哈哈。

蔡：所以我為什麼退出金馬獎，我的意思是說我第二次退出金馬獎我更清楚，我第一次很氣，我不懂，為什麼大家都反對我，我就退出，不好玩。第二次我就很懂。很懂是因為，我覺得我最初是一個動作，一個態度，你們忘了電影是創作，你們自己忘了，你都忘了電影是藝術，你是教電影的，可是你教書的方式不過是個學電影的概念。只是教學生怎麼生活，怎麼有一技之長。所以如果你要教，可是你不要忘了電影是一個創作，它是自由的，我可以是 A，也可以是 B，你不能說我不是 B 我就不能存在。他們整個氣氛就是這個樣子，大學教授也好，電影導演也好。他哪怕拍的電影沒我賣座，他都可以站起來說不要鼓勵這種電影。你懂我意思嗎？所以我覺得這個氣氛就很怪，因為你們沒有搞懂說，有人在追求電影創作的概念。

楊：反而我這種文學範圍內教電影就不用考慮商業的問題，很純粹地講電影。

蔡：所以我就講，我說為什麼你作為一個評審，你要管他賣不賣錢，關你什麼事。對不對，我拍一個很爛的電影我也可以賣錢。不關你的事。你要選的是一個……所以我說我跳出來是一個態度。

楊：我覺得還是他們美學趣味的問題。

蔡：所以我沒有認同，對我來講，台灣充滿矛盾，老實說。也

是這個矛盾支撐我做下去的，它就是這樣很有趣。

楊：那這次你沒有退出金馬獎，有沒有後悔或者是……？

蔡：我回來，我也在試探，可是我也不抱任何希望，是因為侯
孝賢找我，因為他是主席嘛，他來找我，他沒有多說什麼，
希望我能夠回來。因為有的人，大家都覺得說，我也是台
灣電影的一分子，這個金馬獎很重要，不要有這種異議分
子啦，要團結啦。我也不多說什麼了，因為人家都來了，
不要因為什麼……我覺得不好。我就去，去我真的是沒有
抱任何想法，因為還是主流的概念麼。他們看不懂，你不
能要求那些評審就變聰明了，或者變頭腦清楚了，變得有
想法了，我不覺得。所以我去就是去，但是我去完之後，
我又告訴自己說我可以更自由，我去也可以，不去也可以，
因為我去過了。我去的時候也不會講任何負面的話，沒有
得獎我也覺得 OK 啊，隨便怎樣。因為你剛剛問我台灣、
馬來西亞這兩個地方，對我來說，我後來覺得說我可以去
哪裡都一樣了。因為，我很清楚，我這是帶著我的身體在
走，走到哪裡跟著我的心。

楊：《黑眼圈》也是因為在台灣有些類似的……？

蔡：《黑眼圈》不是，《黑眼圈》我已經回來了，回來是因為
拍完《你那邊幾點》，唯一的是 98 年我離開台灣，99 年
我住在馬來西亞，當時美國有一個基金要給我，我要拍《你
那邊幾點》，可是呢，那個基金遲遲未到位，我在等。中
間我就想了一些題材，包括《天邊一朵雲》，包括《黑眼

《圈》。

楊：同時在……？

蔡：同時在思考。因為《你那邊幾點》是最難的，基本上是牽涉死亡的狀態，沒有投資者要投資，喜歡我這種電影的日本人也不要投資，他說，沒有女主角，都是死亡，他們就不想要。後來我就在那邊寫了三個東西，沒有完全寫完，都有一點點概念。結果反而是先拍了《你那邊幾點》，隔了幾年，維也納那邊來找我說他們要紀念莫札特，拍一個莫札特跟這個小孩子，跟他音樂，漂泊的生活有關係。我說回去馬來西亞，拍這個外勞。這個很有意思，即便是《黑眼圈》演外勞，它也是我內在的一個投射。所以我回去馬來西亞，要寫一個新題材來的時候，最吸引我的就是外勞，不是我熟悉的那些環境，是陌生的那些人。有點像我投射台灣的狀況，非常像。

楊：跟台灣那些我覺得還是相對熟悉一點的。外勞你在馬來西亞的時候就熟悉嗎？

蔡：區別很大。我覺得那個熟悉是某一個精神層面的熟悉。我也是一個漂泊的人，所以我就對他們滿有興趣。好像這個概念就牽扯到，我最後就擬了一個概念，所有的外勞基本上好像是為生存而流浪的。中間有一點點的是自由的追尋，但基本上會落入另外一個陷阱，落入另外一個圈套，就是從一個牢籠到另一個牢籠，基本是永不翻身的。有的最後變成非法外勞，有的就流落到外地就沒有了，更窮了。變

成沒有身分的人，很複雜。它有一點被時代在消耗掉，被利用掉，被使用掉就沒了，蒸發掉了。所以我自己在看我自己的情況，我當然是不太一樣，基本上從某一個點來想，就是說那個自我追尋的過程，通常是很迷失的，所以我就也覺得說藉這個題目可以感覺到自由這個概念，也呼應到我創作的過程。我創作的過程基本上都在就這個事情可以⋯⋯

楊：原來我記得是你最喜歡你的電影是《河流》。可是你電影到了第十部的時候，你現在還有沒有什麼新的排名，對自己某部電影的偏愛？

蔡：我不要說最喜歡什麼，我覺得說可以看到我的電影一直在轉，在找一個⋯⋯自我追尋的感覺非常強。所以我記得我讀中學的時候很愛一本書，赫爾曼·黑塞的《約翰·克里斯多夫》。

楊：是羅曼·羅蘭的。

蔡：對，羅曼·羅蘭，有一個追尋的概念。赫爾曼·黑塞也有一本，很像的，好像是他的，有一部也很像⋯⋯

楊：《在輪下》？《荒原狼》？

蔡：⋯⋯所以我特別喜歡這樣的題材。或者活佛⋯⋯有一個自我追尋的概念，所以我會變成佛教徒。所以我整個電影在走的路向，我覺得有一個轉捩點，是《不散》，《不散》很像，它是沿這個出來的。《不散》是一個意外之作，可是拍得很順，十幾天就拍完了，因為本來以為是一個短片，

後來變成獨立的長片。我沒有劇本，我是寫詩的方式出來的。

楊：難怪詩人都喜歡你的電影。

蔡：那個作品我覺得是，因為拍《你那邊幾點》，遇到了福華戲院，在永和，拍完福華戲院的時候，那個戲院要關門，那個老闆就打電話給我說，因為《你那邊幾點》首映在那裡演，爆滿，一千多人，他很驚訝，他說，怎麼搞的，那麼爛的地方，來那麼多人，下大雨。後來，他說我不久要關門了，可能要拆掉，裡面東西都要拆掉。我說，不行，你要讓我拍一個東西，才能拆，我就跟他租了一年。當時是付了一些錢，租了一年，不知道要幹嗎，完全沒有概念。但是會讓我心痛，這個就是我生活中間的一環，一個公共領域，我生活的某個公共領域，很強烈。它好像在召喚我，而且是透過夢境在召喚，我做了好多夢，是在我 30 歲以後開始做這個夢，不停的重複的出現，在某一個我常去的戲院，其中一個我去得很多。那個時候常常夢到那個戲院的場景，我覺得它在召喚。所以我要拍一個關於戲院的電影。因為有這個機會，有這個戲院會保留，我就租下來。租到最後一個月，我的經紀人說，導演，要到期了。我說，好好好，那我們拍吧，我就寫了一個類似詩的東西，在裡面嗑瓜子。當然我去的戲院已經不是那時候的戲院，我後來慢慢發現這個戲院在消失之前，它還是在被使用的。它被使用是被推到邊緣，邊緣人會進去的時候，就表示遇到它

要消失的時候了，不被注意了，不是公共場所了。是私人，也是另外一種領域了。所以，我就等於作為最後一天拍了《不散》。《不散》很好玩，它拍完它的效果就出來了，真正那個效果是把我推到……讓我很明確說，我開始不是電影導演，我是一個藝術家。就不那麼尷尬了，我自己覺得，我的位置不那麼尷尬了。一切我就是用電影影像來做個人創作。

楊：這個裝置是在《不散》之後？

蔡：這個是在《臉》之前拍的，所以是 2008 年拍的……對對，這個是在《不散》之後拍的，我後來又拍了一個短片叫《蝴蝶夫人》，是用手提攝影機拍的。所以我覺得這個作品回應的是什麼？讓我非常開心的是，開始西方的媒體啊，幾乎是一面倒的。對我的電影產生另外一個興趣，不是議題的興趣。因為全部看電影都在看議題，拍什麼社會了，拍什麼內容了。《不散》一直到西方媒體來開始跟我討論電影是什麼，先回到電影，我覺得這個很令我開心。電影開始要被重新認知，所以羅浮宮找我拍的，所以很好玩。我的路是被推進去的。當然《臉》對我來說有不同的意義，我還是滿喜歡的。我昨天看完《臉》，跟馬英九一起看的。我一邊看，一邊用我的身體去感應這個人有什麼反應。他有的，我感到很多狀態，有不耐煩，有不知道，不懂，可是也有感覺。我感覺到，他有一些情緒起來。所以到最後看完，他沒說什麼，他說，很不容易吧，拍這個東西很不

容易吧，這些想法怎麼來的，就問了一下。我自己覺得，我在這樣陪他的過程裡面，我再檢查一次，我覺得太個人，這個作品，比我每一個作品都個人，完全超出所有人的經驗。每個人的經驗是破碎的，只有我自己是非常完整的。甚至有的是可以沒有骨幹，沒有感覺，我都接受。你明白我意思嗎？

楊：知道。

蔡：所以我覺得說，它可以讓我覺得，我的電影走到一個更自由的狀態，更開放的狀態，我可以不用……這也可以說是幸運麼，我可以這樣做電影。

楊：因為羅浮宮收藏的是藝術品，所以應該是更接近了藝術品的概念吧。

蔡：對，所以那天我在國家劇院首映的時候，有一個，也是每次審核我的作品的，在台灣，他以前也不太能理解我做什麼，是公視的總經理，馮賢賢。她看完，她坐我後面，她說，導演，你更加純粹了。我說好，我覺得這種概念很好，純粹的意思是說我不見得……可是承認我是在做一些東西。

楊：我聽你剛才講的夢境。你是經常會有一些夢，把它記下來放到你作品裡面去，改造了以後再重新植進去？有很多作家是這樣的。

蔡：我不停地作夢。

楊：這是一種特異的能力嗎？

蔡：對，我睡覺從來沒有深睡過，可是如果沒有作夢，就表示我沒有睡著。我就很累，我失眠就是沒有夢，當我夢了，進入夢了，很快就到了夢裡面。

楊：哪些是你把夢改編出來的場景？

蔡：沒有改編，就是植入了一些感覺。就是說，我最近也在看榮格的書，很好奇。怎麼講呢？就是說可能他一直在……就是說你的生命不是單純地往前走，尤其這種作品，不是往前在看。你的追尋是很複雜的追尋，我覺得這個夢跟電影的創作就是這樣的概念。你去思考這個電影，所以我每次去演講，我都不厭其煩地去告訴人家電影的真諦，它很神祕，它是不解，無解。它自己不知道，它不是你看到的那個故事。那只是一個罐頭而已，現在你習慣吃的東西，有男色、女色，有這種感官的刺激。有一個虛假的故事，如果你把這些全部抽離之後，你就看這個影像是什麼意思。為什麼有一個世界是，它是平面，可是它有聲，它是一張布，可它有一個深邃的場景，那麼真實。但是我又覺得它不真實，它不是現實的模仿，它是被創造出來的。這個東西很複雜，夢是什麼？你說它有發生過還是？它也不見得是記憶，有很多很複雜的東西，它也有記憶在，可以辨識。所以電影是另外一個夢，但不是那種電影夢的夢。

楊：對。

蔡：我對這個神祕的東西特別感興趣，也比較迷信。比如那次獲威尼斯金獅獎的前一晚，我夢見一個巨大的觀音頭像，

從遠處迎面過來，越來越近，我可以摸到她的鼻子。另外一次，也是去電影節，最後沒有獲得任何獎項，前一晚在酒店的陽台上看到海邊有兩個人影，我想回過來再仔細看他們在做什麼，可是一轉眼，兩個人突然就不見了。結果就沒有得獎。所以我在處理《臉》的時候就是這個作為夢的電影概念。

楊：夢是唯一的現實。費里尼還是誰說的？

蔡：所以我在《臉》的時候就用這個概念，讓那些無厘頭的，沒前沒後，我說它可以存在，因為它是電影。

楊：這是夢的方式？

蔡：我覺得是。

楊：其實我還是很感興趣，哪些片段和場景是直接的夢到過？放到這裡面？夢裡面發生的，處理過的東西，是不是有一些直接投入電影裡面？

蔡：沒有。我倒是想這樣做，我覺得不太有處理得很好的夢的，不太多。布紐爾（Luis Buñuel）可能還不錯，塔可夫斯基也很好。就是那種完全不管你，我就是我的影像給你，我自己懂，你只是純欣賞，你欣賞我的夢，我覺得也是一個很好的方式。那像黑澤明的《夢》，我就覺得太……黑澤明我本身喜歡他早期的作品，《靜靜的決鬥》啦，到後來就太言之有物了。

楊：最後的問題是，你的下一個作品是？能透露嗎？

蔡：我正在談一個跟公共電視的合作，也是個電影。題材可能

會回到現實，現實台灣的一些社會狀態，這個也是我很想玩的。製作這麼多年，我再拿到一個現實，包括有貧窮、有失業、有自殺啦，有那種挫敗邊緣人角色的時候，我會怎麼處理，我自己也很好奇。所以現在還在……他們有一個編劇給我。

楊：不是你自己寫的。

蔡：不是，但是我會跟他合寫，基本上他丟來一個想法我接受，可是我對他的劇本，往拍的要求改，往一個方向，他也很喜歡這個方向。我自己也很好奇我會怎麼拍，但是是李康生演。我可能需要這樣的一個東西來看看我怎麼處理一個現實的題材，大概是這樣子。要把我拉回到十幾年前，最早的時候，可是我不會這樣做。所以，我想說，也好，其實是我做過的東西，社會邊緣人，所以就來看看。

楊：有沒有什麼新的創意？

蔡：還沒有。

楊：或者觀念？

蔡：還沒有想出來，因為目前正在看劇本。

楊：大概什麼時候可以完成，拍攝嗎？

蔡：年中，下半年，夏天。

楊：今年可以……？

蔡：今年可以殺青。不知道，這個編劇其實我接觸很多次了，也改了很多遍，可是他很有耐心，因為我每天都想新的概念出來，會很有趣。而且我覺得小康到了一個點，他開

始……我中間有一些壓抑他，這個也是我跟演員的關係。比如說很希望陳湘琪特別老，我希望小康不要那麼老，因為我覺得陳湘琪老的時候就會有味道，小康我覺得他不能胖，胖我會受不了。

楊：呵呵，他形象已經固定了。

蔡：對，有一陣我要他瘦身，他有些壓力。去戛納前，他在電梯裡突然跟我講：我能不能不去參加了？我問怎麼了，他也不說。我知道他是覺得我不要他胖的形象，他有壓力。但是我慢慢覺得說，其實我要看的是很多這種感覺，所以這個作品是 OK 可以讓他演。

楊：我發現你確實喜歡那種頹敗的，包括福華戲院，也是那種即將沒落的感覺。

蔡：對。

楊：你看《洞》，《洞》整個氛圍就是一個頹廢的，世界末日的感覺，包括那些破敗的斷垣殘壁。

蔡：對。

楊：有沒有朝別的方向變化的可能性？

蔡：我其實非常想拍，我還是會拍人的臉，當然我想拍小康老，我現在很想拍珍·摩露，就那個老太太。非常想拍她，或者拍她的裸體，她是大美女，可是我現在就不太知道她同不同意。我會找她談，她想找我合作。

楊：老年時候的裸體？

蔡：對，老的。她是巨星，可是她老了。我覺得那種演員，他

們很好，就是他們不會刻意把他⋯⋯他們很自然，那一輩
的演員，不會像現在，很怕，那種整形啊、打針啊，那另
外一種狀態了。我覺得人物很少去處理這個東西，直接講
身體的，那些⋯⋯頭髮啦，那些細節的東西。我想拍這個
東西，我有一些概念、想法，但是還沒有執行。

楊：好啊，差不多了，你也很累了。

蔡：對，我待會兒還有事情。

楊：好，謝謝。

蔡：好，謝謝。你喝了咖啡會不舒服嗎？

楊：沒有啊，一點都沒有不適的感覺。

蔡：那再喝點。有空再談吧。

人皆羅拉快跑，
我獨小康慢走

——

《來美術館郊遊：蔡明亮大展》展前訪談

◆

對談日期：2015年7月2日

楊：你 7 月在廣州的《郊遊》個展，與你去年在台北北師美術
　　館的《郊遊》展覽，基本是同樣的嗎？還是你另有一些其
　　他的設想？

蔡：概念是一樣的。主要是電影離開它原有的放映系統到美術
　　館，就是從黑盒子到白盒子。裡面的主要元素是一樣的，
　　首先它是一個影像展，一定要有《郊遊》這部電影；其次
　　牽涉到美術館，就一定要有一些新的材質出現，影像要通
　　過哪些材質、投影在哪裡、空間的氛圍怎麼做等等，它就
　　不是戲院那種制式化的概念（一個廳、有一些很舒服的座
　　位等等），所以這個展覽也要看美術館的狀態，比如在北
　　師美術館，我是用好幾噸枯掉的樹枝，來創造一個樹林的
　　感覺，營造出那種「在城市廢墟中郊遊」的氛圍。

楊：這個是不是跟《郊遊》的場景有一些連接？

蔡：當然有。《郊遊》等於城市裡荒廢出來的一些空間，實際
　　上就會形成一個「林」，便會有它的隱祕性，一些建築被
　　半遮半掩著，不太有人要進去，變成一個廢墟。「廢墟」
　　的概念在我影片裡、台北展覽裡一直被保留。

但廣東時代美術館運送物件的方便性不如台北的北師美術館，它只有一個電梯，我不可能再把原樣的概念放進去。我在北師美術館用的紙是專門做投影的，樹枝是用來遮光的，半遮半掩，讓它還透一些光和外景；但是在廣州就不用樹枝了，我全力發展「投影的紙」，讓它也兼帶遮光的功能。時代美術館在頂樓，有很多天窗和玻璃帷幕，尤其夏天就特別透亮。它還有兩個小廳，是那種玻璃樓，只能夜間活動，可我的影像白天就要放，那就用紙來做遮光的動作。

我自己不太喜歡用那種木作啦，或別的消耗性大一點的材料，當然紙也是消耗啦，但它不像那些拆完後不知怎麼處理的材料，所以我基本就是用紙作為一個最主要的元素。

楊：屏幕也是紙？

蔡：在北師美術館，所有投影的紙都是我排練、演出舞台劇《玄奘》用過的紙，我把它變成布展用紙。而在時代美術館，我會對道林紙做一些揉皺、染色處理，不是那種單純的白紙而已。

楊：除卻這些外部的東西，就放映這部電影本身而言，你覺得《郊遊》在美術館放映，跟它在影院放映，中間究竟有何區別？你更喜歡哪一種放映？

蔡：大家看電影，還是習慣在影院，這是最重要的放映空間。《郊遊》也可以是進影院的電影呀，但我主動把它拉出來，專門在美術館放。

楊：可是你又拍過很多關於電影院的電影，比如《你那邊幾點》、《不散》、《是夢》，這說明你還是很迷戀這個空間，不會輕易放棄它？

蔡：這其實有點複雜，我所著迷的電影院比較是獨立的一棟房子，像一個廟宇。

楊：所以你不太喜歡華納威秀那種電影院？

蔡：現在的電影院跟以前的概念很不同。現在的電影院進去之後很忙亂，被分割成好多個廳，好多電影在放，你都不知道該去哪個廳了。一個影廳只能容納兩三百人，感覺像是到了一個放映室（或學校的影音課室），已經不是以前「電影院」的概念。同時你也意識到你被包圍在一個賣場裡面，比如你在這個廳看一部片，隔壁就會傳來別的影片聲音。像我的電影最明顯，由於比較安靜，就會經常有警匪片聲響傳來，幫我配音（笑）！

以前我們的電影院都很大，沒什麼人的話就會有一種孤單感，或者很多人的話你就會覺得大家有一種朝拜、祭奠的感覺，那種「集體」的概念很強烈。

我覺得在美術館裡面，觀眾觀看的態度會不一樣。他們馬上要轉換，知道來到美術館不是被帶領到一個位置坐下來，而是可以自由走動，到某些指示的地方他可以坐下來看電影、按某些指示他可以在某個鏡頭前看一個很長的單一鏡頭投影，它的自主性比較強。觀眾的狀態會被改變，會減少那種消費的感覺——「我是消費者，你要投我所好！」

在美術館，觀眾可以慢慢找他想看的東西。

楊：這會更接近「對藝術品的鑑賞」概念。你這個想法是不是從羅浮宮邀你拍《臉》開始延伸過來的？至少有某種特別的啟發性？

蔡：都有。同時也因為美術界長期都在對我招手，大概從 2004 年應蔡國強之邀，帶《花凋》參加金門碉堡藝術展開始，後來我又帶《是夢》參加了 2007 年的威尼斯雙年展。

楊：除你之外，有沒有像你這樣地位的電影大師做過類似的行為？

蔡：在西方，某個導演在美術館辦回顧、做作品、或者以「影像製作」概念進美術館做展覽，都是有的。但像我這樣拒絕電影院、刻意進美術館的，幾乎沒有。

我有「電影不做影院發行，直接去美術館展覽」的觀念，到美術館你就要再加工了。比如說大家對待電影，通常有一個「罐頭」的概念——影院就是賣這個啦，內容已經固定不變了；可是到美術館，我可以打開那個罐頭，把其中的內容重新編排。我覺得這是電影在美術館展覽跟在影院放映最大的不同。

其他人沒有這麼去想，他們也沒必要刻意進美術館。尤其是歐洲導演，他們的作品在發行使用上不像我們的院線那麼單一，只是一個「商品」概念。而在亞洲，如果你不夠商業化，你做的不像一個商品，那你進影院是要被控制的，你要按照影院的邏輯、按它給你的時間、空間來玩，通常

都是不太好的時間、空間，你就等於任它宰割。但在美術館，最大的不同是我可以爭取到時間的保證。在這 7 週或 10 週，電影跟票房沒有關係，票房好不好電影都要放，所以在這段時間裡我可以做更多的事情吸引大家進來看。

當電影進入美術館，它的很多面向就已經產生了質變。還沒做的時候，我真的不知道它可能會發生什麼，而這種未知正是最值得期待的。之前在北師美術館我已經有過一次非常不錯的經驗。我當時邀請館長林曼麗跟我共同策展，我其實是要請她坐鎮在那邊——當美術館發生變化的時候，她作為館長是要承載的，因為有些變化是一些館長不願承擔的，怕危險啦、怕不符規定啦等等。但我是很愛玩的人，我喜歡這些未知的變化，所以我就拉著林曼麗進來策展。當時林曼麗給我一個很好的提示，她說不要把她的美術館變成華納影城。

楊：那不可能的。

蔡：其實也是有可能的。比如可以把很舒服的椅子搬進來啦、照著排片表來操演啦，你如果要追求那種聲光效果，你就也可以做成華納威秀的效果。尤其現在影院的放映系統也很少是 35 毫米了，所以美術館放映做成那種效果也是很容易的。

可是我就在思考要怎麼破這種模式化的「電影—放映」概念，讓它更自由。所以我要思考的方面非常多，先要思考「怎樣去創造電影院沒有的氛圍」。影院的氛圍就是，你

只是等著看某個電影，你的期待是固定的。而在美術館，你不是看一部內容固定的電影，你是看「新的組合的電影」，它既包含了原有的那部電影（比如威尼斯版《郊遊》），同時我又可以去破它。這時候我要非常小心地讓觀眾覺得，「我還是來看《郊遊》，可是我還額外地看到《郊遊》很多面向的結晶體、元素，甚至我還看到一個由它發展出來的裝置藝術。」

在操作上，也有很多方面需要重新思考，比如說美術館放映的場次，原本一天放映兩三場就閉館了，我就去拓展放映的空間——讓三個廳輪流放映，觀眾晚一點來還是看得到這個電影。同時我也期望美術館拓展它的時間給我，讓它的閉館時間從五點延遲到晚上十點。我覺得在美術館展覽電影不只是「放電影」而已了，它也是在「溝通電影」，開啟我跟觀眾的深度溝通、對話，也因此我需要更多的時間。

而在華納威秀，每次放電影我都想跟觀眾見面，影院也很高興，因為可以吸引更多觀眾進來，可是這種見面會最多只能見十分鐘，因為下一場要放電影，影院要做生意。但美術館就可以安排，因為它的空間大，這邊放完電影我就可以到觀眾席去講，作者與觀眾的溝通可以很集中、很充分。這個事情非常有趣，所以我要求美術館也打破它「開、閉館的時間」概念。後來我還希望能吸引更多不同年齡層的觀眾，比如還沒學會走路的小朋友都可以進來，他們不

一定要看我的電影，而是可以進美術館來「郊遊」——我就辦了四次「夜宿美術館」，讓大家可以來美術館露營，結果反應非常熱烈。家庭來了，小朋友來了，一般民眾來了，大學生來了，擠得滿滿的。當我看到這麼多人進入美術館，在我的作品前面睡覺，那幾乎又是一個新作品了。

楊：你是在「郊遊」，他們也是在郊遊。他們在美術館郊遊。

蔡：而且這部電影本身也是小朋友的電影，有兩個小朋友在裡邊流浪。

作品進入美術館，對於電影、對於美術館來說，都會發生非常多質變。

楊：我覺得除了《郊遊》以外，你其他的短片也很適合在美術館放映。

蔡：《郊遊》跟短片很不同，它本來是被認定為影院作品的。特別是《郊遊》拿過威尼斯影展評審團大獎、兩個金馬獎，大家都覺得它應該要去影院上映的。可是我就想，在我的版權範圍內，以台灣為基地，做一個示範的概念，所以我就不想再拉別的作品進來了，就只是《郊遊》影像展。

其實我有很多東西是為美術館而做的，包括「行者」系列。我會繼續做作品，但不急於公映。影院的觀念都是要打鐵趁熱，一做完你就要趕快賣出去。可是我的作品（包括電影）可以慢慢來，我要找一個恰當的時機來使用它們。

楊：你的大部分電影裡都有一些廢墟的場景，比如《愛情萬歲》裡楊貴媚鑽進一處工地圍欄，拖出一塊壓海報的磚。《河

流》裡小康爸爸從一個建築工地撿回一塊廢棄的擋雨板。

《黑眼圈》也有很多廢墟，比如那些老舊街區啦、鋼筋裸露的廢樓啦。但是《郊遊》裡的一些場景，我不是很確定。

蔡：那些工地也很難說是廢墟啦。其實我很喜歡兩種建築形態，一種是沒有蓋完，一種是廢墟。我喜歡那種沒蓋完的建築胚胎，還原回建築最早的結構。廢墟則是一個建築最後的樣子。

《郊遊》裡的家庭場景空間，也是一個廢墟。

它原是新北市的一個動漫園區的房子，最初是一個四層的空軍國宅（給將領住的公寓），但後來廢棄了。樓下的都整修了，我看中的是沒被整修的第四層，是封起來的危樓，為什麼封起來？從牆壁可以看出曾經有人在那裡放過火。

楊：那些黑色的牆壁線條是自然形成？還是畫出來的？

蔡：自然的，完全沒有加工。它大概是 1960、70 年代的房子，台灣那時候都還是習慣貼壁紙。那座貼壁紙的房子被火燒之後，產生了一些變化，再加上積年累月的發霉、壁癌、漏水，我一進去就被深深吸引了，簡直被嚇到，太美了！我們想像不出來的，但其實就是我們生活的空間，經過時間的累積，最終變成這個樣子。

楊：基本上你還是選取一個跟視覺藝術非常接近的觀察點。

蔡：對我來說，電影完全是視覺的。遇到那麼強的視覺空間就取代了很多原有的設定，劇情都不再重要了，有些情緒已經由這些空間幫你傳達了。所以我拍電影，劇本不那麼重

要，只是有個藍圖而已。那些空間、環境可以幫我說話。

楊：在其他普通的電影裡當然也可能有「視覺藝術」這個面向，但它在你的影片中卻是最重要的元素。尤其你後期那些很像抽象藝術的畫面，本身就逐漸把其他因素代替了。在你的早期影片《愛情萬歲》、《河流》中，都出現一些城市廢墟，但那時你的「廢墟」概念會令人聯繫到更多社會議題：都市變遷、底層邊緣人等等。而到《郊遊》階段，我覺得你對「廢墟」的呈現已經從社會關懷變成純藝術表達。

蔡：我想是。我們通常都很急於講社會議題，想把事情講清楚。每個人拍電影，到後來總是變成「怎樣講清楚一個事情」，就是講故事、講主題啦。電影不一定要做這些事，也可以純欣賞。當你純粹欣賞一個東西，你還是會產生聯想，那些聯想也會引起關懷。比如《黑眼圈》明顯是關於外籍勞工的議題，但大家（尤其是那種搞社會運動、寫社會評論的人）看到之後會非常失望。他們會覺得，我沒有在講勞工的問題。

楊：你開始是有講這個問題的。

蔡：我是從詩意、抽象的角度去講。如果我用議題角度去講，就會被局限，所以我在拍的過程裡面把原有的勞工議題減弱。《郊遊》其實也是關於失業、貧窮的議題，但我覺得小康蹲在路邊吃飯，就已經把什麼都講了。一個人為什麼會變成無家可歸者、失業挫敗、老婆跑掉？通常都有各種過程，但歸根究柢，你無法用一件事來把這些過程講清楚，

如社會的貧富不均、個人的自暴自棄等等。或許每個人都知道這是怎麼回事，但不見得會被觸動。但當你看到一個人在路邊吃飯，你就被觸動了。所以我沒有特別強調議題，反而是削弱。很好玩的是，《郊遊》得了金馬獎之後，就有立法院的議員在議會放了它的預告片，並質詢經濟部長說：「你知道這是什麼電影嗎？它在講什麼？」

楊：但其實你電影裡的關懷還是挺一致的，比如小康偷偷溜進一個樣板豪宅、睡在豪華大床上，而《愛情萬歲》裡也有類似場景出現，這些都是你對底層人生活的關注。不過你同時還對一些很純粹的美學或者視覺藝術元素有著強烈關注。比如《郊遊》裡有一個遠景鏡頭，拍小康走過一個圓形花壇，這個畫面跟《臉》最後你和小康走過圓形水池的畫面，在視覺結構和角度上很接近。

蔡：現實中有很多意象很吸引我，比如時鐘、水池，它們讓我產生很多聯想。可是這些聯想不需要你去用台詞什麼的去規範它們、說明它們是什麼意思。

我自己經營電影最大的功課，都是在經營這些意象，經營構圖以產生這些意象，比較像寫詩的態度。我不覺得我需要講清楚、講明白一件事情，但我私底下其實又很精細地計算，問自己「我有沒有講清楚、講明白？」，倒是不用問觀眾「你有沒有看清楚、看明白？」所以當我這樣拍的時候，反而可以更自由地表達內心的想法、走到更遠。

楊：寫詩是語言的藝術，電影是影像的藝術。導演對視覺直觀

元素的敏感就變得尤為重要。當然電影又是很綜合的藝術。我發現：除卻上面這些視覺的、社會的考量，你的作品也是很有觀念性的，比如「行者」系列短片的題目都是跟佛教相關的，它跟宗教有什麼關係？

蔡：追根究柢，還是跟生活有關，很多時候我們好像都很辛苦地追趕時代的腳步，但同時你也明顯意識到，其實我們也追不上。可能我比較健康一點，覺得不需要追趕。可大部分人還是苦苦追求，所以就產生很多矛盾、挫敗感。我後來發展的《行者》、《郊遊》、《玄奘》都是一個脈絡，我先從速度開始思考，我必須要有一個東西來讓我感覺到「我與這個大環境的差異性在哪裡」——大家都這樣拍電影，我不願這樣拍，那我該怎麼辦呢？

楊：大家都在「羅拉快跑」，你是「小康慢走」。

蔡：我相信每個東西都是相對應的，而且它們的對應不只是一種對應。「小康慢走」在香港（《行者》），是跟香港對應的；「小康慢走」在馬賽（《西遊》），是跟馬賽對應的；馬賽跟香港（的速度、街區）放在一起，又是兩種對應。所以這種創作就非常有趣，它不是「製造商品」的概念，不是做一個你熟悉的、有興趣買的東西。我做的東西都是環環相扣的，有點骨牌效應，會互相牽引，似有關聯又似無關聯——它們都是以我為中心的思考。「行者」系列，就像我之前對歐洲影評人說過的：「慢，是一種反叛。」尤其之於現在，大家通常覺得「反叛一定要是很強烈的、

快的」，但你什麼都不做也是一種反叛。

楊：慢也是對日常速度的一種反叛。

蔡：我們現在看不到東西了，也沒興趣看，因為太快了。就像看電影，我們並不是真的「看一電影」，而只是知道一個電影、消費一個電影；而且我們看的是什麼？其實也搞不清楚。當代人對電影的概念比前人更複雜，現在的電影可以在網路上看、在電視DVD上看、在影院看、在飛機上看，但每個人看的，都不是影像，只是「故事」。拍電影的時候，人們開會討論的也都是故事，不是討論「怎麼拍影像」。

所以我就想：那我來拍一部「不討論故事」的電影，把那些原有的習慣都丟掉。在拍攝的過程裡面，比如說拍《西遊》的時候，我去到歐洲與歐洲的團隊合作——法國的攝影師、副導演、燈光師、服裝師、攝影師，他們全部人都說要找我開會，我說「沒會可開」。他們就很焦慮：「拍電影怎麼可以不開會呢？我想知道你要表達什麼？」我說：「你沒有看過我的香港《行者》嗎？就是這樣子，沒有要表達什麼。」即使我有要表達什麼，我也不需要告訴你嘛，因為我自己也不清楚我到馬賽可以具體表達什麼——我必須要拍了才知道，這都要有一個過程的。法國團隊非常焦慮，副導演說：「導演，我能跟你一起坐車去旅館嗎？」我說：「你是要住旅館嗎？」他說「不是，我想多跟你聊聊。」我說：「不用不用，我想一個人靜靜地看這個城市。」（笑）勘景時，攝影師每到一個場景，就會問我說：「導演，

這邊有一個光，你會這樣拍嗎？」我就說：「不知道！」每次他們問我什麼問題，我都說「不知道」。我說：「等我們開拍的那一天，我就會拍了。」後來拍了一天之後，大家就放鬆了，原來拍影像是不需要預先溝通的。我覺得：當你行使這個概念的時候，拍電影還是回歸到「作者」本人——他到底想幹嘛。其他當然也需要很好的經驗、技術、能力來配合完成這部作品，這些並不是不重要，但要以作者為中心。

當電影變成「工業化」的概念時，就出現「分工」，但是最後服侍的是什麼？還不是觀眾？不都是想著觀眾、想著「我有對象要說（要顧慮）」？但真正的創作不是這樣的，真正的畫家像畢卡索畫抽象畫時，會想「觀眾會怎麼想像我這是什麼意思」嗎？他考慮的只有他自己的想像是什麼。所以我的整個創作過程包括拍《郊遊》或任何東西都是這樣自在，但是拍短片可以讓我更加抽離，完全不用管觀眾或影院。因為我知道，我要賣票也不在影院，而要在美術館。人們進美術館、進影院是兩種心態，進美術館是：我要發現，我要帶著「可能看不懂」的心情來欣賞、探索；可是進影院的心態是：我就是要看明星、我要這個、我要那個、你要嚇我、你要刺激我、你要讓我流淚……

所以把電影放在美術館放映，就使我獲得了更大的自由。

楊：但好像其他人都不太能接受「作者電影」的概念，他們認為你太以自己的電影風格為中心，而毫不考慮觀眾。

蔡：我不懂他們怎麼考慮觀眾，他們不能接受「作者電影」，那請告訴我你怎麼考慮觀眾？你有考慮我嗎？我也是觀眾啊。所以我覺得這是一個很奇怪的討論。

楊：那你有聽到一些觀眾的反應嗎？比如說在看《行者》系列裡面「人走得很慢」的這個過程當中，觀眾是很專注地看？還是會開小差、還是由此聯想到別的什麼東西、還是腦袋一片空白？

蔡：我在網路上看到的一些反應都是很直接的，各種各樣的怪反應，這也反映了每個人的狀態。只有這種電影、這樣的做法，才會引起這樣的喧譁和不同聲音。比如有人說「我已經上了個廁所，回來他還是在那邊」，這說明他根本沒有認真看、而且也不會看，他沒有這個品味。但他不會說自己沒有品味，他一定會說：「你看，它慢得讓我看不下去！」有的人會看幾遍，有的人也會看到某個畫面升起了什麼感覺。各種都會有，但大部分還是覺得「我上了個廁所，你還在那裡」，罵你傻的人，特別多。

楊：可能他們已經被訓練出那種看商業片的思維。

蔡：對，這些人是占大部分的「觀影大眾」，所以你要怎麼去考慮他們呢？你怎麼為他們拍呢？如果我有要「為誰拍」的話，那當然是為跟我思想接近的人拍（肯定會有一些了）。所以我跟記者說：我爸爸媽媽、我弟弟妹妹肯定不是我的觀眾，但我一點都不覺得遺憾，我也沒有覺得對不起他們，他們也不會討厭我。可是為什麼當你不能接受我

的時候，你就要說「不可以這樣拍」？

楊：「行者」系列中的《西遊》、《無色》、《無無眠》、《夢遊》、《金剛經》都跟佛教有關，你是有宗教的背景嗎？

蔡：當然有，小康的紅袍光頭造型，一定下來我就不改了。即便我不點明他是玄奘，我都覺得他的內在是玄奘的精神。2011 年我在台北兩廳院做了三齣獨腳戲，其中一個是《李康生的魚——我的沙漠》，100 分鐘，李康生演他自己、我爸爸（一個擀麵師）、玄奘。玄奘是怎麼樣演的呢？是用 video 拍小康剃光頭、坐在那裡誦經。我選這三個角色，是因為他們對我的人生都有很重要的影響。

玄奘是怎麼跳出來的呢？其實是自然而然就來了。我讀《三藏法師傳》就很震動、很感動，是精神上有一個連接：這個人可以在唐朝隻身走路往印度去，而且是偷越國界、風餐露宿，大概來去有十幾年。取經這個概念是非常理想、浪漫的，甚至要置生死於度外。你說，他的目的性在哪裡？

楊：但是玄奘是有目的的（西天取經），而你電影裡小康的行走似乎是沒有什麼目的性的。

蔡：可是玄奘的目的很奇怪，當他走進沙漠，我認為他就失去了目的性，他要不就往前，要不就退後，必須置生死於度外。我就猜想，那個年代又沒有地圖，又不懂印度話，都是瞎蒙瞎撞的，只知道往前走。雖然是一個目的，但這個目的是很模糊的，只是心理上的概念（可是對他有作用），甚至他自己都覺得做不成。就像每次拍電影，我心裡也都

覺得做不成，但是最後自然而然就做了。所以我覺得玄奘不是沒有目的性，而是目的性消失了。我在拍「慢走」系列的時候，也在想「我到底要拍幾部」？也沒有答案。

剛才說到這部舞台劇，小康要在裡邊演玄奘、他自己、我爸爸。其中有一個場景是小康要走一段很短的距離，我說：「這個位置是李康生你自己，那個位置是我爸爸，這是個角色變化，但我不希望讓觀眾一下子了解到：『哦，這是舞台藝術愛玩的角色變化。』我希望你想一個辦法讓它有個過程，讓我看到這中間很艱難地完成一個角色轉換。」結果小康就用了慢走，他當時走得太棒了，第一次走我就非常震撼，走了 17 分鐘，太慢了，可是太美了！觀眾就要看著他在舞台上走這 17 分鐘，沒有事情發生、沒有音樂、沒有旁白、沒有燈光變化。看一個人在劇場走路，這正是我很愛的事情嘛。

有時候我們在劇場，也常常只是為了看個故事、感官刺激之類，跟看其他表演沒什麼兩樣。我們到底為什麼進劇場？就只是娛樂、消費，跟看電影有何不同？當時我就覺得，觀眾終於看到有一個人在舞台上走路啦，而不是看什麼戲了。劇場結束後，我覺得就沒了，只有現場一千多個人看到他走得這麼漂亮，好可惜！於是我就想，那我們來拍一部慢走短片吧。很奇怪，這個時候資金就來了，來一筆，我就拍一個。

拍的時候我就在思考：小康不是在演舞台劇啊，那他的形

象是什麼呢？我就翻到我的好朋友、水彩畫家鄭輝明的畫冊，他曾在我的羅浮宮《臉》片場畫過，並做過專題展，他的水彩畫得很好，強烈到像油畫。他也曾到西藏、緬甸畫過那些遊方僧侶。我很喜歡他畫的紅色僧袍，就想給小康做這個袍，我就請服裝師把白布染成現在這種紅色，不是現實中存在的紅，是一種畫出來的紅，真是太美了。我還在製片後期做一些調整，讓那個紅色特別跳。當這個形象出來以後，我就覺得不能改動了，它就是這個系列的中心了。

所以你說這個系列是宗教性？還是不是宗教性？都可以，它就只是一個形象、在緩慢移動。我想一直拍、拍 10 到 15 年，希望拍 20 部，直到李康生走不動了或者是我不在了。小康其實一下子就走膩了，因為很累，但我覺得他近來是越走越好。他有他的修煉過程，很辛苦，我也有我的修煉過程。我們兩個結合起來，讓這個系列一直產生、一直產生。當然這已經是「美術館創作」概念啦，我想把做作品變成「儲蓄」——等作品儲到很大能量的時候，我就進大美術館來發揮這個能量。目前為止我已經拍了七部，肯定還會再拍。

楊：這個系列跟佛教思想如「色、空」這類觀念有沒有一些聯繫呢？

蔡：當然。我也是一個佛教徒啦，但不是很精進、很虔誠那種。但我拍電影的概念，也是非常接近宗教性的。我做所有這

些作品，都很像在修行，努力提升自己的敏感度。

楊：但這又不像是在闡釋宗教觀念？

蔡：我不知道，我的作品是要回歸到佛教講的「云何安住」、「云何降服其心」，這些都是《金剛經》裡的概念，就是你（的心）怎麼定下來，其實就是你「怎樣找到自我」。我理解的佛教，它的「大愛」是：讓每個人找到自己的自我，你要同意自己、接受自己。你要變回自己，當然是要回到你的初心（不是儒家要「天下太平」之類）。這是非常個人化的，也是我非常喜歡的。我覺得：佛教是在尋找自我的自由、不被其他東西約束住，這個概念很強烈。我的作品多多少少是帶有這個概念，包括《郊遊》也是，有一種脫離這個世界──出世的感覺，也有一點老子的概念，想要離開、逃脫，但你還是在一個牢籠裡去做這個解困的行為，還是有很多很多的限制。包括接受孤獨這件事情，「一個人來、一個人去」這個概念。

到了「行者」系列，觀眾可以藉由小康很慢的行走，看清這個世界；透過他的速度，來重新觀看世界的每一個面向。大家不僅是看小康，也是看小康與這個世界的對應。無論到哪裡拍，我都會發現：小康每走到一個新的地方，都會產生一個新的作品；他就像一個時鐘在滴答地走，保持恆常的速度，但我們在現實生活中卻看不到時鐘慢走。

我每天早上是絕不工作的，我都是坐在陽台看山、看雲，也不用特別認真去看，就自然看到時間在移動──我現在

的生活需要這個。到了下午 5 點，遠處的廟就會敲鐘，然後你會看到月亮升起、落下。當你感覺到時間就在這樣走動，你才擁有過它。

楊：不僅你對「慢走」時間的表達會引起觀眾的不耐煩，在《郊遊》和《無無眠》的最後，都甚至有基本不動的場景（小康和湘琪站在壁畫前 14 分鐘；「行者」沉睡在膠囊旅館中），這種完全不動和前面的慢慢移動，對觀眾而言效果是很接近的，那麼對你來說這兩者有不同的作用嗎？

蔡：那些近乎靜止的畫面其實有在移動，為什麼會移動？是因為小康在移動；當畫面不動，也是因為他不動（笑）。

楊：「行走」系列最早的應該是《愛情萬歲》裡楊貴媚在大安森林公園裡面的走吧。但你從剛開始這樣很正常的走，漸漸變成「行者」系列中幾乎接近靜止地移動，這中間有一個自覺的思考過程嗎？

蔡：倒沒有認真想過，但我的確是很愛拍走路。

《愛情萬歲》那段走路也是走了很長時間，當時也引起了很熱烈的討論。

我也常常被走路的電影吸引。我喜歡拍走路，也喜歡看走路的電影，比如安東尼奧尼的《蝕》（阿蘭·德龍〔Alain Delon〕、莫妮卡·維蒂〔Monica Vitti〕主演），就是拍女主角一直走路，跟蹤別人啦、盲目閒逛啦，只是走路，給你很純粹的感覺。還有《四百擊》結尾，也是很長地跟拍一個小男孩走路，我滿愛看這種影像，它們都是回歸到「沒

有事件」的概念、回歸到「動作」的概念。

很多電影追求戲劇化的故事，我反而是刻意發展「一個動作的完成」，每次我都想完整地拍一個動作，從頭到尾。比如說吃飯，我基本都會從還沒吃的時候開始拍，一直到吃完、抽菸，我才說 cut。這樣做可能是在思考：「在這個過程裡我要怎麼拍到演員（或對象）最自然的狀態？」當攝影機對著你，我們都能意識到「自己在被拍」，演員也不例外。但你還是有一些方法可以讓演員慢慢地在一剎那忘記有人在拍他（她），所以你需要「長拍」這個概念。有一種演員是永遠意識到有人在拍他（她），他（她）就會一直在鏡頭前表演，包括連吃飯也是演；但我的演員吃飯就吃飯，這當然也是一種表演，但有時就會有真實感跑出來。

在這個過程中，我逐漸意識到我是在「找真實感」，同時我又慢慢發掘出「時間」的概念。一場吃飯的強度能不能勝過或者等於一個劇烈的吵架？當然是要看演員的表現，也要看觀眾的敏感度。我們的電影經常拍衝突的戲，以為這樣觀眾愛看；但我喜歡反向思考：當我們凝視一個「什麼都不做」的形象——比如我現在看著你的形象，我可以有很多聯想：你在哪裡、穿什麼衣服、在做什麼、心情怎樣？我覺得透過凝視我們可以看到很多不可言喻的東西，可能比說出來的更多。

慢慢地發展成我每次都讓演員去完成一個動作。我的演員

很厲害，他們通常一兩次就可以做到了，我只需做一點調整。比如說《無無眠》裡新合作的安藤，他第一次演洗澡，拍完以後我說：「太美了，能不能再表現得好像我們不在一點？再像你自己平常洗澡一點？」也不是更醜，而是更自然。當你忘記攝影機在拍，你就不用刻意閃避啦。他第二次洗，就很好了。我想，這些都是我「追求自然」產生的結果啦，所以就產生一個「時間」的概念。你久久看他洗澡，你會有什麼感覺？你不只是看洗澡了，你還看到身體的線條。當你看到有人在公共澡堂一個人洗澡，時間夠長的話，你或許就聯想到：他可能很累、每天很忙、他可能剛去喝了酒……等等很多東西。但如果你只是很快地拍了兩分鐘的洗澡、剪出來，我就覺得他就只是在洗澡或者賣弄身體，僅此而已。我的電影有意發展「時間」的概念，慢慢形成了現在這個樣貌。

楊：長久凝視一個靜止的銀幕形象，跟在美術館欣賞一幅畫是比較接近的，這個等於對電影的本質有一個極端的扭轉，因為電影是 movie，就是要 move，要強調運動，可是你強調的是相反的一面。

蔡：我覺得電影（movie）裡面本就是包含時間的流動，可是我們通常想的都是動作，所以大家都去拍武打片。其實電影一開始被操作，是因為它可以擬人、模擬嘛，最早的電影是用來記錄馬戲團的表演或者舞者的跳舞動作，因為大家都很好奇：這些動作的過程一旦被拍下來，就鮮活地存在

了──電影有這種類似「時間照相」的功能。但後來電影就發展成「講故事」了，要講清楚一件事情──畫面被用來敘述故事，這就慢慢脫離了電影的某些特質。

比如說，電影本來還有一種特質：被拍下來的東西就已經不是現實，電影的現實不是真的現實，它自己有一個宇宙，有很多概念在裡面，比如膠捲經過感光顯影會有很多變化，包括它的速度、節奏，尤其以前的攝影機都是手動的等等，這些因素都導致被拍出來的影像已經不是完全真的了（跟你眼睛看到的不同），它有點像鏡子裡面反映的東西，似真又未必是真的。

「為什麼電影那麼吸引你去看它？」這個要思考：為什麼有一個影像在那邊、有一個現實環境也在那邊，而我們都會去看影像？為什麼我們會被影像吸引過去？因為它是一個被集中起來的世界，電影中的影像是被篩選過的，人們會好奇是什麼東西被選擇出來了：當某張臉被選擇出來，我們就只是要看這張臉。所以我覺得電影在「觀看」的條件上本身就已經是很具足的，但是我們為了要吸引觀眾，就不停地刺激他們看，就會加入很多東西，聲色效果、燈光、音效、故事、表演、虛假的情感等。以至於後來我們都不知道「看電影是要看什麼」了。

我自己拍電影的過程，都是在思考「怎樣創作一個我認為的電影的世界」，它既不是真的，也不是假的。比如說李康生這個人在銀幕上的狀態，他既是真的，又是演的。他

的真實可能包括了他年齡的增長、他不假修飾的表演（他不是周潤發那種表演，拚命要擺 pose 給導演、做一個很美的動作）等等，通常我都放任他在鏡頭前做自己。對楊貴媚這些人，我總是說：「你能不能再簡單一點、再簡單一點？」他們就會試著把他們習慣的那些東西丟掉，通常都是再從生活裡找。我覺得這裡面包含了電影的現實，它有時間、空間在裡面，所以我總是強調：影像就是我電影的一切，它必須要好看，必須要有美學概念。

每個人的美學概念不一樣，可能我跟侯導的美學概念也不太一樣。每個人都有他自己的修煉、修養方式。侯導可能也受不了我，但是我能受得了侯導（笑）。我喜歡侯導。我猜侯導比較知道我在做什麼，因為他也愛拍長鏡頭。但他有調侃我說：「可以快一點啦！不用那麼長啦！再短一點。」

楊：在 Video Art 領域，安迪・沃荷（Andy Warhol）有拍過一個更極端的 8 小時的電影（《帝國大廈》，485 分鐘），他也是喜歡靜止，就把電影拍成一個靜止的東西。你覺得這一類作品跟你的創作概念是不是一樣？

蔡：在那個年代，他的想法可能更原始一點。他可能更直接一點，甚至更議題性一點，相比他，我覺得我是更緩和一點、更電影一點。因為我的出身、我走的路是這樣子的，我是在我現有的狀態下做調整，包括跟觀眾之間的關係。我（心中）還是有觀眾的，因為我自己也是觀眾嘛，當然我的一

個最基本的概念是：希望這個作品（它的畫面）是有強大的效果的——是對我自己來說有強大效果，而不是對大眾來說。

所以我就發展出像《郊遊》裡面那個兩人站著的 14 分鐘鏡頭，我第一次看的時候是他們在演的時候，我從小鏡頭裡面看到的。我在這個過程就知道：這個鏡頭有很多時候是無用的，比如說我拍了 18 分鐘，可能其中有很多地方是空白的，沒什麼感覺，但有時候又會跑出很強烈的感覺。但我不能當下去剪，我也不記得哪裡有感覺、哪裡沒感覺，而第二次看又不一樣了。所以我自己的判斷就是：我覺得「無用也是有用的——因為沒有這個無用，我就沒有這個感覺」。那麼這個東西也還是一個對「真實」的思考——我希望它是真實、自然的，而真實的時間常常是無用的（無意義的）。

楊：可以理解，你說的「真實」是一個更本質的真實。

蔡：對，因為觀眾會注意演員嘛，會從演員身上感受到一些感覺。但是有時我覺得這些感覺是很恐怖的，因為太指標性了——比如，他太明顯地告訴我「我現在很痛苦」……這非常可怕，所以通常我不要演員有太多指標性，不給他們太多提示，就讓他們站著（看他們自己有什麼）。所以湘琪跟小康比較，我就特別喜歡小康，因為小康並沒有很努力地要做出什麼。湘琪比較有（要努力表演出什麼），因為她是很受訓練的，她覺得她不能夠傻傻地站在那邊、什

麼都不做──「我一定要有所表現」。但是如果我 NG 了湘琪就等於 NG 了小康。中間我有喊 cut，我就跟湘琪說：「你再少一點什麼。」我也不用講小康，大概是這樣子處理的。中間真的會有一些空白在裡面，那就讓他們晾在裡面吧。我覺得：如果沒有這個過程，也就沒有最後小康靠近她的那個力量。而且這個很神奇，不是我叫他靠近的，是他自己靠近的，因為他也在想著說：「如果我不做點事，導演是不會喊 cut 的」（笑）。

我有個同類的經驗：我每次寫點什麼，我一個朋友就會說：「你的意圖這麼明顯，你到底是什麼意思？當我們都是笨蛋嗎？！」（笑）

楊：我有個個人問題：《郊遊》裡面三個女演員，實際上你是覺得她們是同一個人，還是說觀眾可以把她們看作是不同的人？

蔡：不同的人。但是開始時我以為我要拍同一個人，但後來我覺得這其實是不必要的。《郊遊》劇本原是別人為公視寫的，我接這個，是因為我覺得裡面有一個角色可以讓小康來演，我就跟編劇談了很久。中間又停了一年，我再要拍的時候，原劇本中只有一個（陸弈靜演的）女人角色，但我那時身體不好，突然間我有一個想法：能不能找三個人來演同一個角色？體現劇本中這個角色的不同過程？

楊：這是不是跟布紐爾《欲望的隱晦目的》中兩個女演員分飾一個角色相似？

蔡：對，我看過那個電影，我很喜歡，有時候你會忘了她們是兩個人。而我當時就是因為身體不好，我就想說讓她們都來演吧。但是馬上你就會遇到問題：比如她們三個都來了，就會問：「我們三個演一樣的角色，那我們要穿一樣的衣服嗎？」然後我說：「不要不要，你還是楊貴媚、你還是陳湘琪。」

楊：可是楊貴媚就只出現在第一個鏡頭中，我覺得她跟陳湘琪就基本像同一個人。

蔡：也不像，我覺得楊貴媚可能是個鬼（笑）。我不知道，我沒有想太多。

楊：這就苦了我們這些寫文章的，我寫小康這個角色一開始我就寫「父親」，那這必定要對應一位「母親」，可是「哪位是母親」又有點懷疑。你是覺得我要直接稱呼「小康、李康生、父親、陸弈靜」還是什麼？

蔡：我不知道（笑）。我總覺得身分都是要猜測的。我拍《河流》也是這樣，裡面的「爸爸、媽媽」角色都是不明確的。我覺得：電影的世界是一個觀看的世界，不是解釋的世界，不是用言語來描述的世界。你觀看到的世界有你很多的臆測在裡面，不一定準確，錯了就錯了（卻符合你感受的「真實」）。

楊：上次你說到你想拍一個喜劇。

蔡：對，想拍小康的喜劇。但最近想做一些不太一樣的事情。

楊：你之前作品像《天邊一朵雲》，那些歌舞片段其實是滿有

喜劇感的。包括《愛情萬歲》，那裡面困難的愛情片段、黑色幽默也會令人覺得很好笑。但你最近都沒有歌舞類的創作。

蔡：我最近想拍的東西，都還是回到對某一些材質的思考，可能是因為回到了美術館，就會特別對材質有興趣。就像我拍電影，形式重於內容。我在思考形式上花的工夫，比思考內容花的時間還要多，當然形式跟內容是結合在一起的。比如說拍《愛情萬歲》，裡面兩男一女，該講話還是不講話？這些都是形式上的思考。或者《郊遊》也是，每一個畫面是特寫、還是一個動作的完成？這些都是形式上的思考，至於內容的關注就越來越淡薄了。

我知道我自己很大的熱情和興趣都是在於「這種形式思考所帶來的電影效果」，它肯定跟劇情思考、敘述性思考是很不同的，那種思考所激起的電影效果是很容易消褪的。因為我知道我自己的電影記憶基本都是視覺上的記憶，不會是某個故事，比如安東尼奧尼的《蝕》，你當然知道它在講什麼，故事細節卻都忘了，但你會記得某個畫面、某個表情、某張臉。所以我覺得看默片最容易記住，因為它沒有用什麼非影像因素干擾你。

我最近看了奧森‧威爾斯（Orson Welles）的《上海來的女人》。

楊：我講課時，有把它跟《臉》的某些畫面對照，因為都是多重的鏡面映像。

蔡：你看他拍的水族館的畫面，其實就是視覺思考，這部電影的內容（黑幫鬥智之類）你可能完全搞不清楚、很混亂，但是這不影響你去欣賞，你會陷在影像的美感和視覺的震動裡面，以致你不會管它劇情通不通。所以電影是可以這麼有意思的。而不是非要講明白一個故事，影評人去寫評論，常會追究「這裡不合理、那裡情節薄弱」之類，我覺得幹嘛要管這個。

關於後面的路應該要怎麼走？我覺得是從材質上做思考——我要用什麼拍、怎麼拍？因為進美術館我就更有一種想法：現在大家拍電影都在發展科技，什麼 3D、4D，我覺得很沒意思，挺難看的。我不知道新生代小朋友怎麼看，可能他們覺得好看。但我覺得這真的不是「真不真實」的問題，比如說我們重看以前的科幻片、神怪片，雖然製作很粗糙，但當時的小朋友很著迷，現在回頭看，你會覺得這些東西太有意思了。可是現在發展到 3D、4D 的，你就覺得裡面「人的溫度、質感」不見了！我就想：沒有這些科技類東西，那怎麼拍電影？我想拍一個手工做的東西。

楊：即便我是做視覺藝術研究的，但對於文學、電影，我們都還是會著重考察作品中的情節、人物之間的關係、社會意義等等，所以你的電影對於現有的文學——電影的審美、觀看態度，都是一個挑戰。

蔡：所以你怎麼看我的電影呢？

楊：從形象出發吧。你的電影裡確實是有很多鬼魅、幽靈的形

象，甚至我覺得你作品中有一個亡靈的系列，比如《你那邊幾點》、《臉》中的父親、母親形象（這令我想起伯格曼《芬妮與亞歷山大》中那個亡靈父親的出現），還有就是你作品對死亡觀念的描述，比如上次你談到《臉》中那個貼黑整張窗戶的形象，就有種死亡意味。

《無色》結尾，特寫李康生將頭探進一個黑洞裡（這可能與《洞》有連接、但又不同），隨即是黑屏持續了一長段時間、完全空掉，然後才是片尾字幕。這可能也與《臉》中那個全黑房間的意味有關聯。你的考量是？

蔡：電影這個媒材，除了「影像」，也會有「無影像」的概念。我在好幾部電影都做過這樣的事。像《黑眼圈》某些段落可以是有聲、也可以是無聲，我都在用正反這兩種方式來思考，就是說「它怎麼樣都可以」，所以我都想試試看效果是什麼、哪個更強，我常常在影片後期做這種思考。比如說，我覺得某個段落（如《黑眼圈》最後一鏡的前半段）可以沒有任何聲音，但到了錄音室，他們一定會給你弄一段水聲，起碼是弄一段空間音啦，就是不能夠完全無聲，要不然他會覺得好像斷了。但我覺得為什麼不能有這種斷裂？我覺得最後所有東西就是要提醒觀看者：你正在看電影，你並不是在做別的什麼，不是在投入我的劇情，因為我本來就不要讓你投入。

楊：是不是受布萊希特的影響？

蔡：是吧。我們只能做到觀看的態度，所有的投入都是虛假的

——我會有這種感覺。所有觀看者都應該保持清醒吧，要不然你就傻了。我猜我可能有一種根深柢固的「很想對人進行改造」的想法（對我，當然是透過電影的一種改造）。人是不應該被改造的，但人一出生就開始被改造，改造成我們現在這種人，但人又需要被重新改造回到原來的那種人。如果我使用電影這個媒材，我就用這種方式來思考：什麼東西我都想還原回原來的那個樣貌。所以我就想看看：每一次改造都會產生什麼樣的效果和力量。我每次都是這樣思考，所以我長期不再討論劇本這件事情了，不再討論「我要拍什麼內容」，這變得一點都不重要。

尤其最近我幫外甥看劇本，我的工作就是一直推翻他，而他同意這種推翻，他就被迫去想些新的東西。我跟他說：「如果不推翻，你做的就和別的電影沒什麼兩樣了，大家表現的方法，50 步 100 步而已。我們何必花力氣做那些雷同的事情呢？」

有次我碰到台灣一個有名氣的製片，我就說：誰誰誰，你找些錢給我拍片吧。他說：你要拍什麼故事？我說：沒有故事！他就苦笑。（哈）

楊：你的電影經常表現身體壞掉，比如《河流》中小康的頸痛、《不散》中湘琪演的跛腳售票員、《臉》裡尚-皮埃爾・里奧的鼻子受傷等等。另外《臉》裡面的有一個纏滿紗布的頭，你能說一下嗎？

蔡：這是《黑眼圈》裡的諾曼・阿頓，一個馬來人。劇本中原

有一段完整情節：小康要用諾曼做一個頭部模型，用於《臉》的戲中戲「莎樂美砍掉施洗者約翰的頭」，當時他在等模型風乾，小康就給了他一根菸抽。電影中只保留了這個畫面，我也沒有去解釋這一幕。

楊：你的作品中不僅身體經常壞掉，甚至連日常生活物品也是壞掉的，比如水龍頭不是噴水、就是漏水啦，整個世界都是災難重重的樣子，要麼是旱災、要麼是水災、甚至瘟疫（《洞》）、煙霾（《黑眼圈》）。

包括廢墟也是，除去視覺效果的考量，從我們理論研究角度來看，一個事物只有到了廢墟的狀態才可以被拯救（這是班雅明〔Walter Benjamin〕的觀念）。雖然你說你作品的宗教救贖意圖不是那麼明顯，但我覺得你已經從反面觸及到世界某種壞損的狀態，你的作品很少去呈現理想化的人物形象或都市背景。即便有，比如《河流》開頭現代化的新光三越商場，也僅是作為後面壞損廢墟的一個反襯。你為何很喜歡拍廢墟狀態？

蔡：可能因為大家都不看吧。大家看這個世界會有兩種狀態，有一種是永遠在欣欣向榮的，大家關注的都是這一面，你看那些政治人物出來都要宣稱「我要建設什麼」、沒有一個說「我要停止下來，不要再建設了」。但是在現實的社會中我們同時會看到反面的東西，每個大城市裡都會看到廢墟，沒有「沒有廢墟的城市」。只是一般人都不會進去看或者沒有興趣看，都想著「我要買一個新樓」，不知道

有很多樓在毀損、荒廢中。

我喜歡拍人去樓空的感覺，人去樓空表示曾經有人。

楊：有一種歷史感。

蔡：對，感覺這個樓本身是有生命的，它還在苟延殘喘，正腐爛著，所以是一個既存的事實。所以我通常在處理那些舊樓廢墟，我都不會去改造它，都不加工。我比較相信這些當下的東西，不需要再多做了，它已經都訴說了。

這個連帶到我面對人的身體問題也是這樣。我覺得我就是當下的觀看者。

所以我不會忌諱、在乎我的演員變老、變醜。我也不需要去拍年輕漂亮的演員了，因為別人都可以拍啦。我只能跟著我自己的生命走，可能我的生命跟我所觀看的東西是重疊的，時間是重疊的，心境也是重疊的。所以我可以做的，也就是做到「當下」的概念，尤其從小康的經歷也能看出，看著那個過程你就會明白，生命的不可控制、生命的有限度，你會有很大的啟發。

楊：侯導影片已經是比較低調的啦，但《童年往事》裡父親過世時一家人完全哭成一團、持續很長時間，這是我唯一覺得受不了的、顯得過度的段落。也許他再來剪時，會讓這個部分更低調些。

你覺得，你剛才說的那種捕捉真實的方式，跟紀錄片有什麼差別？

蔡：我不太想拍紀錄片。我現在拍東西都不會去界定它是什麼

類型，《與神對話》、「慢走」系列，都很難說是紀錄片。我覺得人們經常會被這些「類型」限制住——你是要來拍紀錄片了，但是你是記錄什麼呢？都說「要記錄真實」，但其實你的腦袋裡面通常已經有了一套你想呈現出來的東西。

楊：最好的紀錄片也許是介於虛構和現實之間的？

蔡：你看到的不一定都是真的。所以我拍電影的時候，會讓演員和環境自然地發展，每個演員，不管是小朋友、我熟悉的演員、還是一隻狗，都有我不知道的大部分。我只是給他們一個方向、一個空間，或者一個我也不知道的狀態，我就讓他們在那邊，看他們可以走到哪裡，而且那個「走到哪裡」也不太需要去強調它、說明它，我只是觀看他走到哪裡，我覺得這樣就已經夠了。

楊：這跟紀錄片還真是有點靠近。

蔡：是有點靠近，但是他們都是被安排的，他們被放在那個位置上。

楊：但是你安排的程度又是比較低，沒有安排得很細，這與紀錄片有很多類似。

蔡：我覺得那個安排是一種手段，通常都是希望有人能夠被這個手段推到你想像不到的地方去。可能包括長鏡頭，很多紀錄片也不見得用長鏡頭，「長鏡頭」本身也不一定跟紀錄片「拍真實」有關係，它涉及到你怎麼掘取到你想要的東西。「長鏡頭」這個概念跟等待有關係，劇情片很麻煩，

它是有一些設定的內容，不需要等待、只需要完成。可是我的電影比較多是等待，因為我不確定它會到哪裡，我就把演員丟到那邊，讓他們做一些「大概是某個意思」的動作，我不喊 cut 的時候演員就不會離開，他們也知道「我們都在等什麼」。

楊：你要拍的就是這個等待的過程。

蔡：所以，有時候我會等到一隻鳥出來、一個氛圍出來，或者等到這個演員自己的狀態出來，我覺得我常常就是用這種方法。當然你要在現場判斷你是不是已經等到了你要的東西。所以你說那是紀錄片嗎？我不知道要怎麼去判斷。

像我和小康去年有一個作品是很意外的，印刻出版社出了我一本書《郊遊》，我是用這部電影延伸出一本書，但我覺得好像不夠，我就找印刻說你們派一個攝影師來拍我和小康對話。當時我還約了阮慶岳、房慧真等幾個朋友坐在旁邊看我們兩個聊天，我跟小康聊了兩個多小時，鏡頭一直沒有動，我就把它剪起來。後來就變成影片《那日下午》，它在文字之外就是錄像概念，我覺得這就是一部電影。你很難說這是劇情片、還是紀錄片。因為它是被安排的——我自己安排：我要跟小康講話，可是我們要講什麼？我們也不知道，有人坐在那裡看著我們，我們就開始講吧。我這個念頭來自於：我跟小康工作了二十多年，相處這麼久，但我們很少認真地聊天，即便他是我長期合作的演員，很多問題我也不跟他溝通的。於是那次我們彼此有什麼問

題，就通盤地互相問吧，持續兩個多鐘頭。這部作品已經被威尼斯電影節邀請放映了，對於很多人來說，我的作品已經很難劃界限了，事實上我所有的電影也很難分類型，它就是一個作者概念的創作。它既不是文藝片，也不見得是藝術片，頂多說它是一部電影，但是它不被分類。

楊：我最喜歡的一部介於虛構和現實之間的紀錄片，是前幾年看到的《殺戮演繹》，講印尼共產黨員被殺的歷史事件，主創讓那些曾經殺過共產黨的人出來，在那些殺過人的地方，面對鏡頭重新演一遍當年他們是怎麼去殺的。影片記錄了這些施害者、受害者的事後業餘演出，居然沒獲得那年的奧斯卡紀錄片獎。

蔡：可是也還原不回來啊，只能當事人講述自己。

楊：回到你的「慢走」系列，其中有一些很強烈的紀錄片的樣式，比如《行者》就記錄了香港的一些街區的樣貌，當然也另有一些是有安排的，比如《金剛經》裡那個電飯煲，跟它所處的建築展覽空間有一個對比。

蔡：因為「慢走」系列的資金來源都是很奇怪的，源於電影節、廣告商的都有，像《金剛經》（2012）是跟《夢遊》在一起拍的。當時有兩位台灣建築師林友寒（是我的粉絲）、廖偉立受邀做威尼斯建築雙年展「台灣館」。他們想找我做一個影像在他們的展場播出，說他們會在台灣找一個工廠搭出一個展場，預演之後再整個寄去威尼斯。所以他們是用瓦楞紙來搭場景，我看過就說那我就在這裡拍好了。

那時我已經拍《行者》了，我覺得這裡也很適合拍一部「慢走」短片，就在那裡拍了《夢遊》。拍完，因為這個工廠很大，我可以看到這個搭出來的場景背後，我發現那裡真是太漂亮了，就又拍了《金剛經》。那時就思考說我要拍什麼？廖先生是把台灣地形作為他的作品藍本，做一個建築空間；林先生的作品做的是台灣家庭（結構）的概念，就等於把一個建築胚胎放到一個台灣未來家庭的形象中去。我當時就想：台灣人最日常的集體記憶概念，就是電飯煲啦，我就決定把電飯煲作為一個題材。我先測試：電飯煲煮好一鍋飯需要多長時間？剛好是 20 分鐘。我就根據電飯煲的工作時間來拍，一按「煮飯」，就開始拍。實際上小康走了十幾分鐘就出鏡了，鏡頭就一直對著電飯煲拍它煮飯，從無聲到有聲，到完成。最後這部片拍了二十分鐘多一點。

楊：作為一個觀眾，我的理解還是跟你的不太一樣。我一直覺得這是一個苦行僧和電飯煲、街市、廣告牌所代表的俗世之間的張力關係，出世與世俗的一種對照、交替。

蔡：我從自己的角度思考更多，觀眾怎麼想我就不管了。我覺得觀看一個電飯煲煮飯是一件有意思的事情，因為我們平時不太會做這個事情。你會看電飯煲好像一個人——它做了一件事情，做完為止，有形象、有表情、有聲音。

楊：像《愛情萬歲》裡楊貴媚在那裡哭完？

蔡：對，有這個意思。為什麼這部片叫《金剛經》呢？觀看就

有點像在修行。

楊：所以你的作品也常會令人朝這個方向去想。

蔡：每個作品的出處都是有原因的。在拍《西遊》的時候，我對馬賽的概念是很陌生的，被邀請在馬賽拍攝，那我就多看幾次馬賽。他們也事先寄了很多資料給我，說明這裡有什麼、那裡有什麼歷史，我大概看了一遍，就丟開了。後來翻譯帶我去看那些街區，介紹它們的歷史，我就跟翻譯說：「不要告訴我這些了，我不想知道（笑）。」後來我發現馬賽那個季節的光線很好看，我基本是跟著那個光線去拍，我跟攝影師都算好了：幾點哪個地方是什麼光，就直接去拍了，根本沒有再打光。這部片基本是「陽光」的概念，因為馬賽是地中海氣候，夏末陽光很燦爛。我無意間在那裡遇到一個澳門人，就約了他時間，他就坐在自己家裡，讓我從裡向外拍。你從這部片就能看出：馬賽是一個很特別的城市，它不是純法國的，你看到的多是外來的臉孔。另外，地下道樓梯的灰塵也是你想像不到的，一邊拍一邊發生不同的變化。

楊：《行在水上》對你來說是比較有意義的吧。

蔡：《行在水上》是鳳凰台找陳翠梅策畫的《南方來信》短片集的其中一部，是借用比較議題性的「華人移民」概念。

楊：影片裡面的人你都認識嗎？

蔡：對，我拍的都是我小時候住的我外公外婆的房子，就是影片裡那對夫妻住的房子，我小時候最愉快的時光就是在那

裡度過的。那裡已經換了很多的租客，剛好當時是我高中的學弟住在那裡。最後的那個坐在公車站的女人，是我外婆的朋友，我小時候她幫我洗澡，給我做飯。那時都是她和外婆帶我看電影、看小說。

楊：所以你的電影（比如《是夢》）有一部分也是跟懷舊有關係。

蔡：《行在水上》裡的那首老歌《丟不了的情義》，也是我很喜歡的歌。我住到十二歲，離開又回來直到初中畢業。但十二歲以前的生活太美妙了，這些草地也是我小時候常跟一大幫野孩子玩的地方。

我覺得我拍這些都是按照電影的規格來拍。攝影師、用光、器材、後期啦，我都是有要求的。這樣它進美術館之後，你就能很輕易地把它跟 Video Art 區別開來。

文學叢書　611

INK PUBLISHING

你想了解的侯孝賢、楊德昌、蔡明亮（但又沒敢問拉岡的）

作　　　者	楊小濱	
總　編　輯	初安民	
責 任 編 輯	林家鵬	
美 術 編 輯	陳淑美	
校　　　對	呂佳真　楊小濱　林家鵬	

發　行　人	張書銘
出　　　版	**INK** 印刻文學生活雜誌出版股份有限公司
	新北市中和區建一路249號8樓
	電話：02-22281626
	傳真：02-22281598
	e-mail:ink.book@msa.hinet.net
網　　　址	舒讀網 http://www.inksudu.com.tw

法 律 顧 問	巨鼎博達法律事務所
	施竣中律師

總　代　理	成陽出版股份有限公司
	電話：03-3589000（代表號）
	傳真：03-3556521
郵 政 劃 撥	19785090 印刻文學生活雜誌出版股份有限公司
印　　　刷	海王印刷事業股份有限公司

港澳總經銷	泛華發行代理有限公司
地　　　址	香港新界將軍澳工業邨駿昌街7號2樓
電　　　話	852-2798-2220
傳　　　真	852-2796-5471
網　　　址	www.gccd.com.hk

出 版 日 期	2019年 10 月　　初版
	2021年 11 月 30 日　初版一刷
ISBN	978-986-387-312-9

定　價	**300**元

Copyright © 2019 Yang Xiaobin
Published by INK Literary Monthly Publishing Co., Ltd.
All Rights Reserved
Printed in Taiwan

※本書為國科會計畫「拉岡理論視野下的台灣新電影」（NSC 100-2410-H-001-051-MY3）成果

國家圖書館出版品預行編目(CIP)資料

你想了解的侯孝賢、楊德昌、蔡明亮
（但又沒敢問拉岡的）／楊小濱著．--初版.
　新北市 ： INK印刻文學, 2019.10
　面；14.8×21公分.--（文學叢書；611）
　ISBN 978-986-387-312-9 (平裝)

　1.電影導演 2.影評 3.精神分析
987.31　　　　　　　　　　108013672

舒讀網